你当是一根有思想的芦苇

演讲与口才杂志社 ◎ 编著

中国财富出版社有限公司

图书在版编目（CIP）数据

你当是一根有思想的芦苇/演讲与口才杂志社编著. —北京：中国财富出版社有限公司，2023.5

ISBN 978-7-5047-7749-2

Ⅰ.①你… Ⅱ.①演… Ⅲ.①故事—作品集—中国—当代 Ⅳ.①I247.8

中国版本图书馆CIP数据核字（2022）第140163号

| 策划编辑 | 郭　玥 | 责任编辑 | 张红燕　郭　玥 | 版权编辑 | 李　洋 |
| 责任印制 | 尚立业 | 责任校对 | 张营营 | 责任发行 | 杨恩磊 |

出版发行	中国财富出版社有限公司		
社　　址	北京市丰台区南四环西路188号5区20楼	邮政编码	100070
电　　话	010-52227588 转 2098（发行部） 010-52227566（24小时读者服务）	010-52227588 转 321（总编室） 010-52227588 转 305（质检部）	
网　　址	http：//www.cfpress.com.cn	排　版	宝蕾元
经　　销	新华书店	印　刷	宝蕾元仁浩（天津）印刷有限公司
书　　号	ISBN 978-7-5047-7749-2/I·0347		
开　　本	710mm×1000mm　1/16	版　次	2023年5月第1版
印　　张	13.25	印　次	2023年5月第1次印刷
字　　数	177千字	定　价	48.00元

版权所有·侵权必究·印装差错·负责调换

目录
CONTENTS

第一章 关于学习
CHAPTER 1

知识不等于智慧	3
把麦浪当四川盆地秋景写，要害在哪里	6
向"标准答案"说不	9
更可怕的是思想辍学	11
这样的作文会把谁气晕	14
"快乐学习"为什么被打脸？	16
谨防伪教育"诀窍"	18
除了教辅，你还在读什么	20
高考励志语，千万别跑偏	22
最厉害的本事是基本功	24
莫让"假努力"迷住了双眼	26

第二章 关于生活

别把自己从受害者变成施害者	31
不要觉得别人有你就也要有	34
在心里种下一片阳光	36
柴米油盐也是一种成长和修行	39
学习成绩好就不需要父母管吗	41
是非之地早抽身	43
干净，是你尊严的旗帜	45
中学生，你别"宅"	47
别以没素质对抗不文明	49
管好情绪这匹"马"	51
在生活的贼船上做快乐的海盗	53
不向闲话的篝火中添柴	55

第三章 关于思想

唤醒良心的"集合体"	59
鞋子合脚比美观更重要	61
"多难"何以"兴邦"	63
不得贪胜	65
"不如"的智慧	67
为暴力点赞的声音不理智	69
刻苦读书与享受青春并非水火不容	71
我们是否低估了考试作弊的危害	73
鼓励揭发同学不可取	75
困难的出现就是为了淘汰人	77

第四章 CHAPTER 4 关于理想

不是所有的坚持都有意义 81
孩子，你一定要和别人不一样 83
把会的事情做好 86
榜样的力量不是无穷的 88
确保成功的"公式" 90
请多一些爱好吧 92
献出一片青春的赤诚 94
成功不仅仅是一个词 97

第五章 CHAPTER 5 关于成长

合群不是同人俗流 101
对的时间做对的事 104
使人高贵的是人格 106
别被自己的优势打败 108
我们需要"刚" 110
最重要的品质 112
喜欢自己 114
适当透支一下"社会经验" 116
妒忌是剂毒药 118
大水漫不过鸭子背 120
内心强大是最好的保护伞 122

第六章 关于沟通 CHAPTER 6

没有一句真话不可以被承载	127
勿让恶语伤人	129
蠢人才会诡辩	131
别总把话往坏处理解	133
语言欺凌，德智双低	135
语言之伤	137
说话不要太善变	139
拒绝抬杠	141
说话何必让人无所适从	143
错误的真话与正确的假话	145
一句"如果当初……"有啥用	147
有些话不妨直说	150
"毒舌式"幽默要不得	152

第七章 关于情感 CHAPTER 7

没有一种给予是理所当然	157
最大的教养	159
每个人都需要存在感	161
不要在父母面前羞于表达我们的情感	164
被管也幸福	166
我们对亲人说过多少狠话	169
爱，从来不卑微	171
为什么我的眼里常含泪水	173
孩子	176

第八章 关于交际
CHAPTER 8

交朋友，不勉强	181
靠思想见解和成绩交友	184
不要隐藏光芒，但也不要放任锋芒	186
讨厌某个人是件随心的事儿？	189
别把"随便"放嘴边	191
说声谢谢，难吗？	194
大方地对朋友说"不"	196
别说绝情过头话	198
让自己成为孤岛	200

第一章

关于学习

扫码听经典故事

多角度解读，培养思辨能力

经典趣讲解 从名著中获取成长的启示

青少年思维与素质养成课 **素质提升课**

趣味小测试 测测未来你适合什么工作

畅所欲言青春期酸甜苦辣 **快乐聊天室**

知识不等于智慧

孙丽丽

有位中学生朋友问我："知识与智慧有什么区别？"我想了想说："比如你喜欢画画，你就会想办法把画画好，这种想办法的能力就叫智慧，也就是说智慧是一种能力。"

生活中，我们常常称赞某人很有智慧，往往并不是称赞他拥有很大的知识量，而是赞美他有解决问题的能力。有的人学历很高，但解决问题的能力不行；而有的人，可能没上过几天学，但解决问题的能力很强，被人称为智者。前者，占有知识；后者，掌握智慧。

相传六祖惠能小时候家里很穷，因为没钱上学，并不识字，但他能"闻经解义"。有一次，他路过一个尼姑庵，听老尼在诵经，即明白经文深意，并为老尼讲解。当老尼拿着经书请教书中具体文字时，惠能实言相告："吾不识字。"老尼疑惑："不识字怎能知经意呢？"惠能郑重地道出一句堪为千古经典之语："诸佛妙理，非关文字。"

我母亲仅有小学文化水平，我一看到富有哲理的故事或有关心理学的知识，就喜欢讲给母亲听。母亲听得津津有味，并能随即说出其中的道理，这令我很惊讶。我觉得母亲是有智慧的，因为我讲什么母亲都能听懂。智慧与受教育的程度没有必然联系，智慧是将自己获取的知识，通过生活进行磨炼。

智慧源于知识，但高于知识，更多的是在说人的能力。智慧，是高效运用知识的能力，我们渴望获得知识，但更渴望拥有智慧。

有知识不等于有智慧。苏格拉底说："我只知道一件事，那就是我什么都不知道。"这样的人是有智慧的，因为他承认无知，默默地探究真理。知识是现成的答案，而智慧关注的是未知的世界，这就是知识与智慧的区别。

子曰："吾十有五而志于学，三十而立，四十而不惑，五十而知天命，六十而耳顺，七十而从心所欲，不逾矩。"五十方能顿悟人生哲理，七十才能充满智慧，孔子的话给我们指明了通往智慧之路。

一个人能学会驾驶汽车，学会使用电脑，但他不一定有智慧，因为他很可能是被迫去做，他对这些可能毫无兴趣，更谈不上从中悟出什么道理。真正拥有智慧之人，都对自己所从事的活动深感兴趣，即使没有什么好处，也乐此不疲，因为在做的过程中体验到了乐趣。

只有洞察问题的本质，思考该如何达成目标，需要去做些什么，才能激发出真正的智慧。《道德经》说："为学日益，为道日损。""为学日益"说的是学问是靠知识、读书、经验一点一滴地累积起来的；"为道日损"讲的是学道与做学问相反，就是一天丢一点，什么都要放下丢掉。我恍然大悟，知识和智慧的关系原来如此简单，老子用了8个字就将它说得如此透彻！

知识是传播智慧的一种形式，知识只有转化为智慧，才能发挥更大的价值。杜威曾经指出，教育要区分两种人：一种是拥有许多知识的人，另一种是睿智的人。现在一名小学生所拥有的知识量，可能能与古代圣贤先哲相媲美，但是智慧不行。知识和智慧完全是两回事。

怎样才能拥有智慧呢？首先，要有深厚的知识底蕴，有独立思考的能力，只有独立思考，才能看清事物本质。其次，要有丰富的实践经验、顿悟的能力。总结出事物的规律，接近成为真理的认识，基本上就能拥有我们所说的智慧了。

把麦浪当四川盆地秋景写，要害在哪里

✐ 王海银

这是发生在四川某学校的事：有一次月考，老师给学生布置了一个小作文，要求学生描写四川盆地秋天田野的景象。老师发现，全班45个学生，有11个写了"田野里，金黄的麦浪，丰收在望"；另有3个学生写了"绿油油的麦苗，在风中摇曳"。也就是说，约有三分之一的学生不知道四川盆地麦子收获时间是春季，播种时间是大秋作物收获之后，秋天的田野里根本看不到"金黄的麦浪"或"绿油油的麦苗"。

这件事在家长群里引发了热议。多数家长认识到，这件事反映了孩子们生活常识的严重缺失，如果不引起重视，孩子们不但会在考试中丢分，而且很可能在生活中犯下不该犯的错误。但也有少数家长不以为然，说孩子的主要任务是学习，是考好大学，找好工作。至于麦子的播种和收割时间，那是农民该知道的事，孩子知不知道无关紧要。

但我认为，这件事反映出的最为严重的问题，不是常识缺乏，而是作文造假。老师所布置的作文正确的写法应该是学生将自己曾经目睹过的四川盆地秋天田野景色如实地描绘出来，而不能凭空想象，或者将他人文章中的相关描写照搬过来。

语文是工具性和人文性的统一，培养学生的诚实品格是语文人文性

命题中应有之意。然而，作文造假容易让学生养成弄虚作假的习惯，与语文的人文性背道而驰。

从工具性上讲，语文所要培养的语言文字能力，是一种将所见所闻及思想情感，用语言文字精准、细腻、生动地表达出来的能力，相应地，写作文的基本原则，也应该是要求学生为自己真实的见闻和思想情感，找到最准确的词句和表达手段，即为事、物、景、情而造文。见闻和思想感情是内容，词句和表达手段是形式，后者为前者服务。只有如此，才能提高作文水平。

作文造假恰好相反，是为文而造事、造物、造景、造情，即根据自己已经掌握的词句和表达手段，来捏造见闻和思想情感。比如，有些学生总喜欢把人物的相貌描写成"浓眉大眼，鼻直口方"。这样写起来虽然要容易许多，但长此以往，会严重地影响语言文字能力的提高。

《中国青年报》的一项调查显示，83.3%的人承认上学时写过撒谎作文。导致作文造假现象的原因之一，是在日常的作文教学中，对于作文的真实性原则没有足够重视。比如，学生作文中经常出现的"给妈妈洗脚""扶老爷爷过马路"等描述，有多少是真的？又有多少老师会对其真实性进行核实？

甚至有的时候，学生在作文中说了真话，反而会因观点不符合主流价值观而受到批评，被扣分。

我请教过几位老师，把麦浪当四川盆地秋景写之类的作文，应该怎么打分？有的说，作文主要是考学生运用语言文字的能力，不是考农业知识，也不是考道德品质，扣个两三分就可以了；有的则感到纠结，说尚需深入研究，不宜轻易下结论……我听了，很是诧异。作文的评分标准是作文的导向标，连教师在这一问题上都没有达成共识，学生如何适从？

　　创作可以高于生活，但更要源于生活。好的作文，必然是以对生活的深入观察和思考为前提的。反过来，强调作文的真实性原则，也可以倒逼学生深入生活进行观察和思考，提高学生的观察、思考能力，从"死读书""读死书"的窠臼中摆脱出来。

向"标准答案"说不

王海银

近日,我从微信公众号上看到一种说法:最难沟通的人,往往不是书读得不多、没有什么思想的人,而是那些读书不少、满脑子都是"标准答案"的人。

书读得不多、平时懒于思考的人,你跟他讲抽象的理论,他可能听不明白,但倘若你换一种方式,跟他讲讲常识,剖析一下生活中的具体事例,你就会发现,他还是可以沟通的。

怕就怕遇到那些满脑子都是"标准答案"的人,无论你跟他讲道理、讲理论,还是谈常识、谈逻辑、分析具体事例,他都能调出脑子里的"标准答案"来应对,而这些"标准答案"听起来往往有一种似曾相识的感觉……

越想,越觉得此言有理。

周国平曾在一次采访中说自己做自己文章的阅读理解,分数还不如学生,按照标准答案,只有69分。我们不禁要问:连作者本人对自己文章的理解都不完全符合"标准答案",这样的"标准答案"靠谱吗?

事实是神圣的,观点是自由的。语文、历史、政治等人文学科的许多问题,是没有也不应该有标准答案的。比如秦朝灭亡的原因,秦始皇的功过是非，学者们争论了许多年，至今仍然是众说纷纭、莫衷一是。

甚至同一个人，随着年龄和阅历的增长，观点也会不断地发生改变。有些问题，社会上虽已达成了普遍共识，大致可以算是"标准答案"，但教育的目的，不是要告诉学生"标准答案"，而是要教会学生独立思考和判断。

因此，即使有"标准答案"，也不可机械地向学生灌输，而是引导学生通过自己的思考得出答案。只有经过独立思考得出的答案，才能内化到心中，成为行动的指南。当学生因认知水平的制约，给出的答案与"标准答案"不相符时，只要言之成理，逻辑自洽，就应该给予认可，获得高分。

唯有如此，学生的思考能力才能逐渐地提高。学生走上社会之后，会遇到无数没有现成答案的事情，老师不可能时刻对学生耳提面命。缺乏独立思考和判断能力的人，在社会上将寸步难行。

对"标准答案"说"不"，有两层意思，第一层意思是考试的时候，要尽量少考那些有"标准答案"，即需要死记硬背的内容，比如某个事件发生的时间、地点等。这些"一放便忘，一查便知"的知识，除了占用大脑的"内存"，其真正的意义非常有限。

第二层意思是考理解性的内容时，最好不要设"标准答案"，而让学生根据自己的理解，给出自己的答案；评分的标准，是答案的理由是否充足，有无独到之处，而非正确与否。

更可怕的是思想辍学

◆ 武俊浩

我们从小到大被灌了太多类似的鸡汤："上学没有用，一些非常卓越的人，像比尔·盖茨，虽然在上大学期间辍学，但他依然在职业生涯中取得了辉煌的成就。"可不要忘记，比尔·盖茨上的是哈佛，他尽管辍学了，却并没有停止学习和创新。

郑亚旗辍学后，爸爸郑渊洁决定自己教育他，给他编撰了一些有趣的教材，如把中国刑法的419项罪名编成了419个童话故事，每天下午上三节课。傍晚，郑渊洁会带他到河边散步，和他讨论电视上或书里各种不同的话题。

韩寒曾发微博说：退学是一件很失败的事情，说明我在一项挑战里不能胜任，只能退出，这不值得学习。值得学习的永远是学习两个字本身。"学习"两字，不分地点环境，是一件终老要做的事情。我听到有人得意扬扬地说，韩寒，我学你退学了。我不理解。我做得不好的地方有什么好学呢？为什么不去学我做得好的地方呢？

比尔·盖茨、郑亚旗和韩寒，他们虽然在形式上辍学了，但在思想上并没有辍学，他们以不同的方式继续学习。现在有很多人诟病考试，说："考试啊，限制了学生的天赋，让学生像在流水线上生产出来的产品。"甚至有些考生，高考交白卷，不惜以自己的前途作为赌注，去反抗,去表达自己的诉求,结果悔之晚矣。

现在仍有很多人没有醒悟。考生黄蛉,2009年凭借甲骨文作文在网络上走红,被称为"古文字达人"。虽然黄蛉高考总分只有428分,但是他作为特殊人才,被四川大学锦城学院汉语言文学专业破格录取。接着,他又实现了从三本到一本的"两级跳",转到四川大学本部去学习,学校甚至专门返聘了古文字专家何崝教授,对他进行一对一的教学。但是,进入川大以后的黄蛉开始变得浮躁,也不再踏实学习,还爱吹牛。两年后,导师何崝批评黄蛉浮夸、靠不住,不愿意再教他,向学校提交了辞呈。何教授声称,经过两年的精心培养,黄蛉在古文字方面的研究水平并不理想,在甲骨文方面也没有多大造诣。如今的黄蛉,早已"泯然众人矣"。

黄蛉在形式上虽然没有辍学,但是在思想上辍学了。思想上的辍学,比形式上的辍学更加可怕。形式上辍学,只是换了一种学习方式;思想上辍学,就是停止了学习。有的同学虽然人在学校,但受"读书无用"思想的影响,不认真学习;有的同学虽然觉得学习有用,但要么怕吃苦不学,要么不会自我管理,沉浸在网游中不能自拔;还有的同学因上的是普通中学或普通班,就自暴自弃。学无止境,无论何时何地都要学习,即使毕业了也要不断地学习。

形式上不能辍学,思想上更不能辍学。形式上辍学可能有不得已的原因,受许多客观因素的制约,是可以补救的。陈忠实由于家境艰难而辍学,但他在思想上没有辍学,一直笔耕不辍,最后取得了巨大的文学成就。思想上辍学纯粹是主观因素,是无可救药的。

萧楚女说:"人永远是要学习的。死的时候,才是毕业的时候。"我们正当青春年少,怎能停止学习呢?毕业前不能停止学习,毕业后也不能停止学习。因为学无止境,学习是一辈子的事情,要让学习的长度和生命的长度相等，永不辍学。华罗庚说："在寻求真理的长河中，唯有学习，不断地学习、勤奋地学习、有创造性地学习，才能越崇山峻岭。"我们如果不想虚度此生，想要有所发现，有点发明创造，无论在形式上还是思想上，都不能辍学。

你当是一根有思想的芦苇

这样的作文会把谁气晕

✎ 卢继元

同学们写作文，都会有自己要表达的思想，都会有一个中心，其中，赞赏什么批评什么都应是旗帜鲜明的。那么，我们现在来看看，下面这些作文表达了怎样的思想？它们的主题是健康的吗？换句话说，这些作文会把谁气晕？

据说，一个高年级学生写了篇题为《二十年后的我》的作文："今天天气不错，我和老婆带着我们的一对可爱的儿女欣赏风景。我们正兴致勃勃地走在宽阔的马路上，突然，路边冲出来一个浑身恶臭、满脸污秽、无家可归的老太太。她用颤抖的手伸向了我，口中喃喃：'可怜可怜我吧，给我点钱好买个面包吃，我饿极了。'我抬眼一看，天哪，她竟然是我二十年前的语文老师！当年，她站在讲台上的那种风度哪里去了？当我在课堂上跟同桌开点小玩笑时，她便对我横眉冷对，那种威风哪里去了？三十年河东三十年河西，老师要是知道有今天，又何必当初呢？"老师看到了这篇作文，顿时气晕。

这样的作文，讽刺老师的敬业，曲解老师对学生的严格要求，不仅老师看了生气，同学和家长们看了也会气愤。在写作文时，首先要对自己的思想进行洗礼，其次要思考出健康明确的主题再下笔。

一个初一男生在题为《几头大蒜引发的思考》的作文中写道："今天，

妈妈在清理冰箱的时候，拿出了三头表皮乌黑、已经腐烂却生出嫩芽的大蒜，走到我面前说：'看，虽然这些蒜头已经烂了，但它们仍然孕育了新生命，这是多么顽强的精神啊！'我看了看烂蒜头，虽对蒜头充满敬意，但对妈妈产生了看法。心想：大蒜烂成这样，不就是因为你懒，没及时清理冰箱吗？以后找老婆可不能找这种懒到把大蒜放烂了还有这么多说辞的女人。"老师看到这篇作文后甚为气愤，批语：好好让你妈妈看看吧。

妈妈原本想以此激励孩子像大蒜一样拥有顽强的精神，可孩子却歪曲妈妈的本意，贬损妈妈。这样的作文，立意不正。同时，孩子也缺失对长辈的孝敬之心。写作文前要好好酝酿主题，表达出健康、高雅、积极的主题思想来。

一次语文考试，有个学生只写了作文，其他题都没写，在写作文时他还向老师强调理由："老师，这次考试我其他题都不写是有原因的，因为那些题目我大多不会。我可以选择作弊，但我没有；我也可以选择乱填，但会浪费你宝贵的时间去批阅我乱填的答案；如果我蒙对了，你还要给我本该不属于我的分数，对那些认真答题的同学也是不公平的，这和'诈骗'有什么区别呢？所以我干脆不填不写，实在惭愧。"老师气晕，批道：难道一题也不会？

学生这样写作文，是没有认识到作文的意义，不知道写一篇作文应该弘扬什么，对他人产生怎样的感化作用，好像写作只是在应付老师一样。写作运用幽默元素是难能可贵的，但运用幽默元素来破坏积极主题的表达，就很不应该了。所以，在下笔之前，除了应确立积极向上的主题以外，还应考虑一下用何种正确的方法表达。

写作文虽可以天马行空，却又该像卫星在太空运行，要遵循正确的飞行轨道，进而写出思想上进、格调高雅、主题健康、技艺高超的高水准的作文来。而让人气晕的作文，无论如何都不能算是好作文。

你当是一根有思想的芦苇

"快乐学习"为什么被打脸?

方 帆

2018年,美国一家知名影视网站播放了一部纪录片《药瘾》。这部片子揭秘了美国中学生在巨大的学业竞争压力下,不顾副作用的风险滥用"聪明药",目的是提高专注力,从而提高考试成绩。这条消息在微博上引发了激烈的讨论,很多中国人大惑不解:原来,美国中学生读书一点都不比中国人轻松?说好的"素质教育"呢?说好的"快乐学习"呢?为什么美国的学生,好像比中国学生读书读得更苦了?

世界上根本就不存在"快乐学习"。科学家早就通过科学研究证明了:人在学习过程中是痛苦的,完全不会快乐。每年全球大学排名,前十名的全部都是欧美的大学,中国的清华、北大都排在十名以外。咱们可以用常识来想一下:假如清华、北大都那么难进了,凭什么哈佛、斯坦福这些排名世界前十的大学,反而会比清华、北大容易进?这完全就违反常识嘛!天才毕竟是极少数,想进哈佛、斯坦福的学生,必定会比想进清华、北大的中国学生更拼,更辛苦学习,而且也更难实现目标。那么,美国为什么会给人一个好像读书负担没有中国人那么重的印象?

首先,美国超一流的大学比中国多得多,光是常春藤大学就八所,高中生人数却比中国少得多,自然就显得负担好像没那么重。其次,美国公立中小学不是为了培养将来读名校的学生而设立的,只不过是提供一个教育的机会给学生而已。注意"提供"跟"落实",是两个不同的概念。我"提供"早餐,你吃不吃是你的事。我有责任提供,你说你不想吃,我不能强迫你吃。但是,假如要"落实"让学生吃到早餐,这个事情就不一样了,我不仅"提供",还要保证学生全都吃掉。现在我们都看到了,为什么中国教育会让大家觉得学生负担重?因为中国的教育讲的是"落实",而不是"提供"。因此,对于教师来说,"落实课堂40分钟的知识传授"是头等大事,假如学生学不会,就要通过多写作业,做试卷,改变教学方法,延长教学时间,考试、排名次……反正就是要每一个人都学会。

但是,美国公立教育不落实,只提供,那就轻松多啦!老师上课教不教书就不重要了,改不改作业也不重要了,小学基本就是玩。但是,对于公立学校中想进名校的学生,学的东西没有教师帮助"落实",那就要靠自己了,需要自己有惊人的自我控制力。

学校之所以存在,是因为里面有掌握了知识的教师,用最高效的办法给学生传授知识。学生能不能自学?当然可以!心理学研究还证明自己寻找答案,要比老师填鸭式的传授记得更牢固。但是,假如老师教五分钟就能学会的东西,你自己"自我探索"要学五年,别人读三年高中就毕业了,有资格读大学,你却要到五十多岁才"探索"完高中的知识,这些知识牢固是牢固了,但是是不是有些得不偿失?

教育的目的是让人提升自我,学习的过程不会一帆风顺、快快乐乐。盲目追求看似更高级的教育方式,抨击自有的教育体系,是十分不理智的,如果以成绩来判定结果,那这世上没有真正意义上的"快乐教育"。

谨防伪教育"诀窍"

王海银

前不久，我从一份较有影响力的报纸上看到了一篇关于餐桌教育的文章，文章的开头是："美国有一项研究：哪些因素会促使孩子在学习能力测试中得到高分？研究结果出乎很多人的预料——促使孩子得高分的第一大因素不是智商和读多少书，而是孩子要经常和父母一起吃饭。"

过去，我们只知道亲子交流对于孩子的情感、心理发育的重要性，没想到，亲子间经常在一起吃饭，还能提高孩子的学习能力，并且比智商和读书更重要，成了影响孩子学习能力的"第一大因素"！这项研究结果岂止是"出乎很多人的预料"，简直就是石破天惊、振聋发聩，足以引发一场教育革命！但令人不解的是，如此重大的"发现"，作者却没有指出它具体是由美国的哪个机构研究得出的，采用了什么研究方法，以增强内容可信度，也便于读者进一步查证和了解。笔者上网查了半天，也没有查到相关信息。另外，以笔者之见，为了让读者更充分有效地利用这一"发现"，不产生"误操作"，作者还应该做一些必要的解读，比如，父母与孩子每周在一起吃多少顿饭就算是"经常"？除了一起吃饭之外，一起散步、旅行，能不能起到相同的效果？假如交流方法不当，会不会适得其反？"第一大因素"怎么理解？是否意味着，智商为80的孩子，只要一年365天日日与父母一起吃饭，学习能力就能超过智商为120而从不与父母一起吃饭的孩子？或者，只要有条件经常与父母在一起吃饭，就可以少读一些书而不影响学习成绩？

这论断简直是太奇葩了！笔者还想问作者，此信息你是从哪里获取的？是否进行过必要的核实？假如失实，给读者造成误导怎么办？假如有学生相信了这条信息，仗着自己日日与父母在一起吃饭而放松了读书，岂不是误人子弟？

曾有人指出，当下最令人反感的读物，是所谓的"成功学""养生术"和"心灵鸡汤"。笔者以为，还应该再加上一个，叫"教育（学习）诀窍"。比如，"天才是夸出来的"的"赏识教育"，以及"想不优秀都难的N个习惯""学霸养成秘籍""100天提100分学习法""几周掌握一门外语的学习革命""作文高分秘诀""让你不再为数学头疼的教学法"，等等，举不胜举。说穿了，这些"诀窍"不过是圈钱或骗取流量的诀窍。有句俗语叫"磨刀不误砍柴工"，事实上，这会误导人们将过多的时间、精力耗在探寻和尝试各种所谓的"教育（学习）诀窍"上，真的会误了"砍柴工"——严重影响正常的教育和学习！

然而，我们很难像打击假冒伪劣商品一样，打击这类"教育（学习）诀窍"。唯一的办法，就是请广大家长和学生擦亮眼睛，不轻信不盲从，尤其不轻信非权威媒体上的相关信息。诀窍之所以为诀窍，就是因为它极其罕见，如果诀窍满天飞，诀窍也就失去了价值。以笔者之见，如果教育（学习）真有什么诀窍的话，那便是人类千百年来总结出来的已经常识化的方法、技巧，用好这些方法、技巧，才是最明智的选择。

除了教辅，你还在读什么

✒ 蒋晓飞

我们走进书店，会发现架子上摆得最多的是教辅书，摆在最显眼位置的也是教辅书。有的书店除了教辅书，其他书几乎不卖。为什么会这样？答案很简单，教辅书好卖，一本被"名师"推荐过的辅导书，能在一个省会城市轻轻松松地卖出几万册。

如今孩子们书包里塞满教辅书籍，几乎看不到"闲书"（文学类甚至科普类图书都被大部分老师和家长视为"闲书"）了。学生为了升学整天钻在教辅图书世界里看、读、写，没时间也没兴趣看"闲书"。现在，学生拿起名著、对话经典的深度阅读越来越少见，功利性阅读（只看与考试有关的书籍）和浅阅读（名作简本或者绘图本）在中小学生中极其盛行。人类文化源远流长，中外经典名著浩如烟海，里面蕴藏着无数的精神营养。中学时代正是阅读的"黄金时代"，可如今学校里的阅读情况非常糟糕，老师和学生已成了教辅书籍的奴隶，这是一个值得关注的社会问题。

记得我在读中学的时候，父母就给我订阅了不少学生杂志，每年还买几本名著让我读；我们的班主任老师还鼓励学生把家里的课外书拿到班级里和其他同学交换着看。现在看来，当初"浪费"时间阅读大量课外书，并没有影响我们这一代人的成长，反而让我们汲取了丰富的精神营养，对我们的思想境界、精神品质、人格力量、知识构架等都大有裨益。

　　学生在课堂上学到的主要是课本知识，如果只是掌握课本上的那点知识，那么知识结构难免单一。阅读有益的课外书不但有助于开阔视野、培养广泛的兴趣爱好、学会为人处世等，而且可以增长见识，做到不出家门而知天下事，不出国门而了解世界各地的历史文化、风土人情。那些富有人文精神的书籍，很容易在阅读者的内心引起震荡。比如读鲁迅的书，会被鲁迅"我以我血荐轩辕"的赤子之心打动；读李白的作品，会被李白"安能摧眉折腰事权贵"的傲骨打动；读《钢铁是怎样炼成的》，会被主人公保尔不向命运屈服的钢铁般的意志所折服……这些向上的精神会对人格培养起到重要的作用，并可以促使一个人形成良好的道德品格和健全的人格。读书能够去除内心的浮躁，让一颗心沉浸在文字宁静的世界里，给心灵以慰藉和滋润；还能去除内心的空虚，让一颗心在知识的海洋中渐渐丰盈、充实起来；还可以给我们打拼的勇气和战胜困难的力量，让我们成为一个更加强大的人……

　　有人说，在中小学生的学习生活中，如果把语、数、外等学科的教辅资料比作每餐中的肉，那么优秀的课外读物就是每餐中的蔬菜，一个人只吃大鱼大肉不吃青菜，营养能全面吗？身体受得了吗？只看课本和教辅书，不读优秀的课外读物，对学生的身心发展危害极大。阅读应该是多方面的、多层次的，所以请老师们、父母们在孩子的学习之余，给他们一点时间去读读那些名著经典，看几本跟考试无关的"闲书"，这不仅不会影响他们的学习，还会对提高他们的综合能力和学习成绩有不可估量的好处。其实，更重要的是，丰富的阅读，就是营养全面的精神食粮，会让孩子更加"健康"！

高考励志语，千万别跑偏

> 程应峰

一年一度的高考即将来临的时候，高考励志标语也应运而生，并顺理成章地挂上了墙头。

幽默机巧的："进清华，与总裁经理称兄道弟；入北大，同大家巨匠论道谈经。"直截了当的："就算撞得头破血流，也要冲进一本线的大楼。"文艺范十足的："今朝灯火阑珊处何忧无友，他年折桂古蟾宫必定有君。"贴心暖心的："只有一条路不能选择——放弃；只有一条路不能拒绝——成长。"

可以说，这些与传统励志标语大相径庭的标语，以其标新立异的个性，在看客心里形成了强烈的反差，这样的反差更能够深入考生的心灵，更能够激励考生的斗志，更能够让考生不敢虚度年华、不敢懈怠岁月。

励志绝非坏事，它可以在一定程度上振奋学生心志。但励志的手法如果过于"雷人"、过于"功利"——诸如"提高一分，干掉千人""熬一个春夏秋冬，享一生荣华富贵""不学习的女人只有两个下场：逛不完的菜市场，穿不完的地摊货；不学习的男人只有两个下场：搬不完的工地砖头，捡不完的破瓶烂罐"，等等，如此这般一味在"励志"的名义下，片面渲染激烈竞争的氛围，过度放大高考的作用和功能，并因此将考生原本纯洁的心灵搞得杀气腾腾，功利自私；或是以"励志"为由，灌输一些极端思想，如"扛得住，给我扛；扛不住，给我死扛"，让一些看似理直气壮，细一琢磨却极不妥当，甚至是不健康的人生观、价值观找到释放和恣意泛滥的出口，这样的"励志"，是断然不可取的。

励，是磨炼，是振奋；志，是志愿，是心气。励志，就是在外界的激励下集中心思致力于某件事情、某种事业，摒绝其他与事无关的嗜好；励志，可以发掘一个人内心深处的力量，让一个人真正认识自己并获得尊严和自信；励志，不仅仅是要激活一个人的财富欲望，更要激活一个人的生命能量，唤醒一个民族的创造热情；励志，不是让弱者取代他人成为强者，而是将一个人或一群人从某种松懈的状态中唤醒，激发潜能，让弱者能与强者比肩，让强者更具实力和创造力。

励志，可以落实在奋斗故事上，也可以落实在励志用语上。高考冲刺前的励志，无疑更多的是落实在一些简洁的用语上，这些用语妥帖便罢，一旦有失偏颇，反而适得其反。从小处看，它会给考生造成沉重的心理压力和负担；从长远看，它可能会引导考生形成不当的人生观、价值观。

最厉害的本事是基本功

苗向东

现在很多青年人做事没有耐心学和练，急功近利，总想投机取巧、走捷径，是典型的机会主义者，结果这些人走上社会，眼高手低，书到用时方恨少。为此前辈们告诫我们："最厉害的本事是基本功！"

中国篮协曾经邀请美国专家马奎斯给中国男篮作指导，他在看了中国男篮俱乐部锦标赛的比赛和训练后，指出中国的甲级队员至少有70%的人缺乏一些"在高中就应该掌握的基本技术"。而"飞人"乔丹的成功不仅仅在于他1.98米的身高，更重要的是他扎实的篮球基本功。

郎朗10岁考上了中央音乐学院附小，每天要完成8个小时的基本功训练，后来著名指挥家马泽尔感叹，郎朗的钢琴基础怎么这么好？

基本功为什么这么重要呢？著名画家李可染在《谈艺术实践中的苦功》一文中指出："基本功是从十分繁复的艺术修炼的全过程中，抽出其中有关正确反映客观真实的最根本、最困难、最带关键性的规律部分，给以重点集中的锻炼。"

任何技术基本功都是最重要的。那么哪些是基本功呢？钟南山说："一个人要达到很高水平，德智体美都是基本功，在'智'的方面最重要的基本功就是语文。"写作能力强，表达能力强，就是重要的语文基本功。

学书法，篆、隶、行、草各有千秋，但关键还是在于基本功：运笔。即先写好横、竖、点、撇、捺。各武术门派的根基是蹲马步，各派的马步大同小异，其目的是练腿力。舞蹈有八个基本功：站、立、直、行、韧、快、轻、稳。钢琴演奏被称为"手指上的舞蹈"，基本功包括正确读谱，手指练习。我国传统戏曲演员基本功的课程包括唱、念、做、打等。

那么怎样才能练好基本功？苦练基本功就是"修态度""修耐心""修技术"。首先就是要认识到练好基本功的意义，常言讲："树大根深。"根基扎得深，扎得牢才能屹立不倒。也有人说："基础不牢，地动山摇。基础扎实，硕果累累。"造房子的时候，地基的深浅，关系到房子能造多高。

其次在态度上要肯下笨功夫，曾国藩曾说："天下之至拙，能胜天下之至巧。"基本功就是那个看上去最笨、最拙的东西。成功有个一万小时定律，基本功看似最简单，一学会就，可要练好、练到位、练到家很难，这期间很枯燥、很乏味。

要克服怕苦怕累、不求甚解，浅尝辄止、只求会不求精的意思，做事要锲而不舍、精益求精。

莫让"假努力"迷住了双眼

琚若冰

"假努力"顾名思义是虚假的努力，看似努力，却大多无效。不难发现，"假努力"这种现象大多发生在学生身上，分为两种：一种是没有寻到正确的方法，在错误的方向上努力，如花费大量时间刷题，却从不总结思考；另一种是营造虚假的忙碌，假装努力来欺骗自己和他人。

郭靖的勤奋有目共睹，却始终不得进步，江南七怪都觉得他是个傻小子。但就是这样的傻小子，一经马钰指点内功心法后，便功力大涨，也为之后学习其他武功打下良好根基。可见，努力虽重要，但也需对症下药。若无内功心法，只是一味练招式，或许能练得不错，但终究是徒有其形而无其神。

如果上文所说的第一种学生尚且有一些态度，那么第二种学生连态度都是伪装出来的。他们并非主动自发地学习，而是抱着为老师学、为家长学的想法，希望让家长和老师看见自己的努力。我们并不鼓吹以结果为导向的功利思维，但不管是真努力还是假装努力，目的都是希望借此达到一定目标，那么我们就必须考虑结果。

"假努力"让个人习惯于这种虚假的努力模式，没有勇气走出舒适区，个人能力也不能有效提高，更无法获得良好结果，不仅浪费个人的时间精力，也是对自身潜力的消耗。

对于社会而言,"假努力"的人多了,创新的人少了,人人都把努力奉为圭臬,却把思考弃置一旁,在前人的路上拼得你死我活,却不知道开创自己的路,这样的社会和国家又岂有前途可言？如果你拥有火热的梦想,那么你更应谨慎前行,宁愿选择正确的"偷懒",也莫让"假努力"迷住了双眼。

- 经典趣讲解
- 素质提升课
- 趣味小测试
- 快乐聊天室

扫码获取

第二章

关于生活

别把自己从受害者变成施害者

陈亦权

网上有这样一段视频，说的是哈尔滨有个女士，在斑马线上正常行走，这时有辆汽车开过来，司机不仅没有减速，还鸣了一下喇叭，导致女士受到了惊吓。这女士就要求司机道歉，但司机怎么也不愿意道歉，女士的火气越来越大，最后爬到了车顶上又踩又跳。到这时，车里的两个人反而淡定地站在一边，一个报警，一个用手机拍着视频……

可想而知，这个女士会为自己的行为付出代价。

社会上，其实有不少这样的人，自己明明是受害者，是占理的人，可到了最后，总会不知不觉地变成一个需要被处罚的施害者。

多年前，我在镇上读初中时，有一次，我和一个同村同学一起骑自行车去上学。在经过邻村时，有个比我们稍小一点的男孩，也骑着自行车从胡同里闯了出来，撞在了我同学的自行车上。其实那撞击是很轻微的，我同学也没受到什么伤害，但他非要让人家道歉不可，那男孩却始终不肯道歉。我同学又催了几遍，见他依旧不出声，就把自行车一放，对着人家拳打脚踢，我连忙去拉我同学，而那男孩则大声叫爸爸妈妈，然后几个大人就从胡同里跑了出来，他们揪住我和我同学，把我们送到了附近的派出所，派出所又打电话叫来了我们的家长……

最后，我当然是没有被处罚，但我同学因为这件事情赔偿了100元钱。在那个年代，100元钱可是个大数目。

没错，我们在受到伤害的时候，向对方索要一声道歉是完全合理的，我们在对别人造成伤害的时候，也应该要向别人道歉。但问题是，我们可以要求自己具备这样的素养，却不能要求别人也必须和我们一样。所以，当我们遇上不肯道歉的人，应该怎么办？冲上去打人家一顿吗？爬到别人的车上又踩又跳吗？

在那一瞬间或许很解气，但这就是标准的"用别人的错误惩罚自己"，以那个哈尔滨女士为例，她在受到惊吓时要求对方道歉，对方不肯道歉，这不管从哪个角度上来说，都是对方的错误，但是她在别人的错误中，让自己做出了更加错误的事情并承受应有的处罚，这不是用别人的错误惩罚自己又是什么？

有的人可能要说：难道我遇到这样的人就只能自认倒霉，只能自己吃哑巴亏吗？

这需要分两个层面来说：第一个层面是，遇到事情要学会找警察，打个110还是不难的；第二个层面是，如果是一些实在小的事情，就连报警也没什么意义，那你自己走开就行了。被没意义的小事缠住脚步，不如为了更有意义的事情而去赶路。

我们都说"远离垃圾人"，但"垃圾人"是谁？"垃圾人"并不一定是那个指着你的鼻子想闹事的人，也有可能是一个应该张嘴道歉却始终紧闭嘴巴的"沉默者"。你如果因为对方的沉默而情绪失控，那么你反而是把自己折腾成了"垃圾人"。

请想一想，以哈尔滨女士为例，即使刚开始人们都力挺她，但是到她爬到别人的车顶上又踩又跳的时候，她在别人的眼里还是一个应该被支持的人吗？

退一步海阔天空，这不是逼迫自己学会忍气吞声，而是在关键时候学会更好地保护自己。

不要觉得别人有你就也要有

✎ 武俊浩

别人有的难道你就要有吗？演员黄奕教育女儿的一段视频，恰好谈到了这方面的话题。在节目中，女儿想让妈妈给她买瑞士军刀，理由是同学们都有。黄奕并没有同意女儿的请求，并给出自己拒绝的理由，黄奕说："买东西是自己需要才买，我觉得你没有这个需要……人家的东西是人家的，跟你有关系吗，为什么人家有，你就一定要呢？"听了这些拒绝的理由之后，黄奕的女儿不再执着于购买军刀。

蔡康永说过，别人有的你就要，这不是正常的欲望，这种需要是暂时盲目的，因为你没有想清楚，自己真正的需求是什么。你应该更清晰地考虑自己到底需要什么，而不是看着别人有的你就要有。关键是要弄清楚自己喜欢什么、热爱什么。别人都有钢琴你也要钢琴吗？有钢琴的人是因为热爱音乐，如果你热爱的不是音乐而是绘画，你要钢琴有何用？每个人都应该寻找自己真正的需求，而不是都要相同的需求。

认为别人有的我就要有，容易产生攀比心理。一是比吃喝：这次你吃比格比萨，下次我就吃必胜客，你吃一次，我就吃两次。你喝蜜雪冰城，我就喝喜茶。长此以往，恶性循环，家长给的一个月生活费不到一星期全部花光，远远超出一个中学生和一般家庭的经济承受能力。二是比穿戴：有一名家境不太好的同学，母亲在工厂里当后勤工人，父亲在外地打工，但有一天，她突然穿了一身昂贵的衣服，问其原因，她承认是虚荣心在作祟。这名女孩家庭经济条件一般，她也觉得那些衣服太贵了，却又认为如果不跟上潮流就太落伍了。但是，当她一身名牌出现在同学们中间的时候，她自己也觉得很不自在。最后不堪重负的，是自己的父母。

有人或许会说：攀比成风气，我也很无奈。但是，无论如何你不能盲目攀比，攀比要考虑家庭的经济状况，要考虑父母的承受能力。别人有的你就也要有，别人的父母你能不能要来？别人的经济实力你能不能要来？

羡慕别人拥有的，是因为我们期待富有，期望可以活得更好。可是我们却忽视了一点，每个人的家境不同，经济基础决定别人有的我们不一定就要有，而且别人有的东西也不一定适合我们。不要再去羡慕别人拥有什么，好好算算上天给你的恩典，你会发现你所拥有的已经很多了。而缺失的那一部分，虽不可爱，却也是你人生的必然，接受它，你的人生就会快乐许多。

在心里种下一片阳光

孙丽丽

人最大的魅力，是拥有阳光的心态。有一个女孩，她一出生就缺少双臂和一条腿，她靠仅有的一只脚吃饭、穿衣、写字……但是她聪明又乐观，父母在身后一直支持她。对于别人的嘲笑，她不在乎，脸上永远挂着阳光般的笑容。她坚持上学，成绩优异，那一只脚写出的字，比有些人用手写得都工整。她说："人活着，应该让身边的人因你的存在而感到幸福。"

心理学表明，一个人外在的表现是由内在的东西掌控的。这个内在的东西，就是我们的思想和情感，积极的思想就会产生积极的情绪，积极的情绪又会产生积极的表现，在积极的表现里才会展现一个人的进步和优秀。

台湾心灵作家张德芬在《遇见心想事成的自己》中写，有几棵树，其中一棵树长得特别好，原因是人们在树面前，有意识地说一些快乐的话题，赞美它，它经常接收快乐的情绪，就成了"欢乐树"；还有一棵树几乎要枯萎了，原因是无人理睬，或人们在树面前，常常说一些消极的话、悲痛的话，接收了太多忧虑和愁苦的情绪，就成了"愁苦树"。所以，多赞美和肯定一个人，就会给他的心里洒下阳光。一个人一旦变得阳光起来，他就会一天天走向光明。

人是很容易被感动的，而感动一个人靠的未必都是慷慨的施舍。往往一个热情的问候，一个温暖的微笑，就会在别人心里洒下一片阳光。

有一天，我在一家小饭店吃饭时，走进来一个中年人，提着一把小提琴，后边跟着一个小姑娘，小姑娘一脸沮丧。中年人说："小提琴三级考试没过没关系，爸爸让你学小提琴不是为了让你过级，而是希望有一天你长大了，有了烦恼，就拉一首小提琴曲，让美妙的音乐陪伴你，人要有个爱好。"我转过脸去，眼里忽然飘起了云雾。父母其实只是要我们活得更快乐些，培养我们得到幸福的能力。

有的人说，幸福有两种，一种是看得见的，一种是看不见的。前者是物质层面的，后者是精神层面的。不论是哪种幸福，都源于内心的世界是否有阳光。在心底种下一颗快乐的种子，不论什么时候，你都能找到让自己快乐的理由。

我们都有一个体会，当遇到困难的事情，如果唉声叹气，怨天尤人，自己心里就会多一份阴霾。如果对自己说，没有关系，我一定会渡过难关，心里就会多一份解决难题的信心和力量。

我们感受到的压力80%都是由自己加给自己的，所以与其寻求外界的帮助，不如先丢掉心中那些不必要的包袱，让自己活得轻松。与其等待别人来爱你，何不充实自己的内心世界，让阳光温热自己的心灵？没有人比你更了解自己，也没有人可以永远带走你的幸福。你播种了什么就将收获到什么。我们做人不要对自己太苛刻了，十全十美只是一个遥不可及的梦，适当放低一点标准，放松一下自己的心情，或许在客观上也减轻了别人的压力。

一只小鸟飞翔的高度和一只老鹰飞翔的高度不一样，小鸟认为池塘就是大海，因为它所飞行的距离，决定了它一辈子不可能看到大海。这时，如果老鹰对小鸟说大海是如何广阔无垠，小鸟一定会嗤笑老鹰。这就是说，高度决定不同的人生。在一杯水里投进一个小小的石子，也会起涟漪，但是在大海里，即使一艘船沉没其中也悄无声息。一些小事为什么会在我们心中掀起波澜呢？这是因为我们的胸怀还不够开阔。所以拥有阳光心态，必须要打开胸怀。

清晨，清澈的阳光照进室内，让人感觉生活是美好而闲适的。当你心中充满阳光，阳光就会在你生命里每一个角落灿烂着。阳光心态，才是永恒的美。

柴米油盐也是一种成长和修行

樊树林

有一则新闻讲述到，受疫情影响学生居家学习期间，焦作市山阳区富康路小学在线上授课之余，开设了各种家庭实践课程，其中"每周一菜"课程，不但让不少家长第一次品尝到孩子亲手做出的菜，有的孩子在一周内还学会了四菜一汤……

"目前很多学校的德育更多是停留在书面和口头之上，实践相对较少，这次学生在家时间较长，刚好是对学生进行生命教育的一次好机会。"该校校长张和平同时告诉记者，学校在疫情结束后，还开展了一次"美食大赛"，让学生当厨师，家长做评委。

"明者因时而变，知者随事而制"。毫无疑问，2020年突如其来的新冠肺炎疫情，除了让更多的人知道了生命的珍贵和懂得感恩，还让很多人的生活方式产生了不小的变化。对于广大中小学生而言，不仅仅是凭空多了一个加长版的寒假，在进行网上学习之余，还大大增加了了解感悟世界和生活的机会。毋庸置疑，如果教育者能够因势利导对学生开展多元化的教育，也许对中小学生的成长会产生"点石成金"的作用。

之所以这条新闻能够走上热搜，并得到许多网友的点赞，原因很简单。一则是学校的做法让抽象的生活教育呈现了一种朴素的真实；二则说明类似"让孩子走进厨房"的教育，在智育大一统的当下还较为缺失；三则也代表了广大网友对"一室不扫何以扫天下"的民意认同。

记得2018年夏天，笔者曾阅读过一本名叫《会做饭的孩子走到哪里都能活下去》的书。书中描绘了身患重病的年轻母亲，教年幼的女儿阿花生存本领的故事，在书中作者提出了全新的教育理念：爱孩子，就要教会孩子独自生存的能力。书中的妈妈虽然最终离开了人世，但她终究教会了女儿"世间最了不起的本领"。

"一粥一饭，是知足随和；一茶一盐，是温良恭俭。"无数事实证明，教会孩子"上得厅堂、下得厨房"，不仅是让他们获得了生存最基本、最重要的本领，还能让他们和世界构建一种良好的关系，而这对于他们的成长有益，对他们的人生也能产生积极的影响。

柴米油盐也是一种成长与修行，洗手做羹汤的孩子，更能感知生活的情趣和美好。因为走进厨房，并做出拿手菜的孩子会增强自信心和独立感。孩子们在享受烹饪的过程时，更能感受到劳动的辛苦，对父母的感恩之情会油然而生。走进厨房对于他们而言是一种历练，体会到劳动最美丽的道理。

教育是一个宏大的体系，而"立德树人"是其核心命题、根本任务。在这个特殊的假期，让孩子们走进厨房，目的绝不是培养出几个"大厨"，培养出几个"美食家"，而是让他们在这个过程中破解生活的奥秘，体验劳动的艰辛和快乐，从而对生命更加敬畏、对父母更加感恩，这就弥足珍贵了。

学习成绩好就不需要父母管吗

陈亦权

我读中学时，我们班里有个学霸级别的同学，他从小成绩就好，功课之余也喜欢玩手机游戏，每次父母想要劝阻他玩游戏，他都会这样说："我成绩这么好，还需要你们管吗？"

可能他的家长也觉得这话有道理，就很少管他，而他则在游戏中越陷越深。到了初三的时候，别人都在为中考冲刺，他还是陷在游戏里拔不出来，结果学习成绩直线下降，后来虽然依旧考上我们当地最好的"一中"，但他已经很不愿意读书了，根本不做作业，成天就知道玩游戏。家长和老师们都苦口婆心地劝说，甚至还请心理专家来做心理疏导，但都不见效，最后在高二读了一半的时候，他被学校劝退了……其实，生活中的这类例子有很多，所以我忍不住思考：学习成绩好的同学，真的就不需要家长管了吗？

很多学习成绩好的同学都有一种"作业完成了可以玩手机"的观念，觉得玩一下手机不会影响功课。不过，真正的问题在于学习成绩好的同学长期被他人认可和吹捧，所以自尊心特别强，往往是"恃优而骄""刚愎自用"，甚至会不听从父母的教导。起初，他们玩手机或许不会影响成绩，但随着中高考的临近，别的同学都开始全力以赴往前冲刺，而那些玩手机的好同学则会开始成绩下滑。

学习成绩好的同学一旦成绩开始下滑，往往因为超强的自尊心而比普通学生更容易选择放弃，会破罐子破摔，放弃争取，放弃努力，放弃追求，并以此来逃避已经出现的挫败。他们会用进一步的沉沦，来为自己的成绩下降找到一个自己也相信的理由。他们会摆出一个叛逆的架势，来抗拒家长和老师的劝说，并以此在家长和老师心目中树立一个"他失败是因为他不爱学习了"的叛逆形象。

　　上面说的是学习方面，还有更重要的"做人"方面。很多时候，一有年轻人惹出事情，网络上就会把矛头指向教育："哎呀，现在的教育不对呀，只教读书不教做人呀。"其实，学校里的语文课、政治课、历史课，老师的班会、校长的大会……有哪一项不是在教做人？只不过，和老师们的倾囊相授相比，有些家长们的"身先士卒"似乎威力更大。老师教我们要真诚，家长却骂我们太老实；老师教我们要乐于助人，家长却告诉我们多一事不如少一事；老师教我们不要贪小便宜，家长却在有便宜可占的时候骂我们怎么笨手笨脚地待在一边……

　　学习成绩好的同学，并不一定会比学习成绩不好的同学更正派、懂事或对做人处事更有见解。

　　学习成绩好的同学，其实也需要家长管，至少不要因为学习成绩好而觉得玩手机无所谓，至少不要因为学习成绩好而觉得父母的教导都是多余的，一旦到了父母想管也管不了的地步，就彻底是自己把自己给坑了。

是非之地早抽身

王 磊

父亲经常对我说的一句话是：是非之地早抽身。因为担心我年纪小，对这句话理解得不够透彻，所以父亲总是不厌其烦地告诉我这句话的含义，那就是一个人总会遇见一些吵嘴打架的事情，遇到后一定要尽快从这个是非之地离开，以免城门失火殃及池鱼，给自己带来不必要的麻烦。

父亲说的次数多了，我也开始对这件事重视起来。因为心里有了这样的防范意识，所以偶尔在路上遇见吵嘴打架的事情，不管多少人在围着看热闹，我都从来不去凑热闹，每次都是加快脚步迅速离开。

我班上的一个同学却和我恰恰相反。有一次，我们两个正在街上闲逛，在前方的不远处爆发出一阵剧烈的争吵声。我们循着声音传来的方向望过去，只见两个男人正情绪激动地吵着架。两个人的声音越来越大，周围看热闹的人也越来越多。他们吵架的地方就在我们前进的必经之路上，好在他们是在路的一侧争吵，道路比较宽，我们完全可以从路的另一侧走过去。这时候父亲平日里的嘱咐又浮上了我心头，我拉起同学想要快点走过去，远离这是非之地。可让我没想到的是，同学一下子挣脱了我的手，笑嘻嘻地让我陪他一起去看看热闹。我说什么也不愿意，同学看我态度坚决，脸上露出了鄙夷的神色，说："你看你那胆子小的，真没劲！那我自己去看算了。"说完之后，我还没来得及开口阻拦他，他就像小火箭一样蹿向了看热闹的人群。

我牢牢记着父亲的话，加快脚步迅速远离了这个是非之地，在前方比较远的地方才停下来，默默地等着同学。根据以往的经验，我这个同学每次看热闹都会停留很长的时间。但是这一次情况有些不太一样，没过多久他就气喘吁吁地追了过来。这时候，我才吃惊地发现他脸色苍白，像是受了什么刺激。我问他到底发生了什么事情？他大口大口地喘着气，半天都没说出话来。

过了好一会儿，同学才渐渐缓了过来，对我说道："我刚钻进看热闹的人群里，才看了不到一分钟的工夫，刚才还在吵嘴的两个人突然动起手来，其中一个人的拳头差点打到我！当时那一拳要是再偏一点，后果简直不敢想呀！都怪我总是不听你的劝告，刚才差点就出了事儿！"同学说着，下意识地摸了摸自己的头，我们两个人面面相觑，不约而同地后怕了起来。直到这时候，我才彻底明白了父亲的良苦用心。

这之后，这个同学再看到哪里有吵架的，都不敢前去凑热闹了。这件事给我的触动也非常大，父亲反复叮嘱我的话，乍看之下，只是简单的嘱咐，但是仔细想想就会发现，这看似简单的道理之下却蕴含着深刻的处世哲理。是非之地总会充斥着争吵甚至拳脚相向，在这样的环境里，没有人能预测接下来会发生什么事情，你根本就不知道什么时候危险就会向你袭来。是非之地有百害而无一利，面对这样的地方，解决的办法只有一个，那就是尽快抽身离开，这样才能保证你的安全。是非之地早抽身，抽身越早，你就越安全。

干净，是你尊严的旗帜

苗向东

我们不少同学不讲卫生，有的人头发很油、头皮屑很多，甚至头发有异味都不洗；有的人红领巾成了"黑领巾"，用它来擦手、擦桌子，甚至擦鼻涕；有的人把校服当成了"工作服"，席地而坐，校服有很大的汗味、怪味也不洗；有的人回到家里，衣服也不换就往床上躺，睡觉前也不洗澡、不洗脚……

这些同学不讲卫生很大一部分原因是没有卫生意识。这使我想到了犹太人，犹太民族很长一段时间都在漂泊，尽管生存都很困难，但他们祖祖辈辈始终坚持良好的卫生习惯。犹太父母把孩子的卫生教育当成一种虔诚的信念，把它看作与知识、金钱同等重要。父母在卫生方面从来都不向孩子让步，他们意在让孩子明白，讲卫生是没有商量余地的。

一位作家曾采访一位盲人按摩师，作家到盲人家里，他的妻子也是一位盲人，他们二人衣着虽然朴素，但洗得干干净净。客厅的地上放着一只大木盆，他妻子歉意地说："被单还没有洗完，我接着洗。"被单被她揉搓得一寸不漏。她笑道："以前邻居见我搓洗衣服，曾劝过我不必这么用心，即使洗不干净，谁又会笑话一个盲人呢？但我不这样想，别人搓一遍，我会搓十遍。虽然我眼睛看不见，但也不能糊弄自己。"待她洗好被单晾晒后，飘动的被单在作家眼中，是一面写满尊严的旗帜。

从小培养良好的卫生习惯，会受益一辈子。人一旦养成一个习惯，就会自觉地在这个轨道上运行。学生拥有良好的卫生习惯往往可以产生迁移的作用，有了良好的卫生习惯，既能增强对疾病的免疫力，促进生长发育，增强体质，还能使得精神面貌得到改善，在学习上、工作上、生活上成为一个办事细致认真的人。

良好的卫生习惯是必备的基本素质，也体现了一个人的修养。是否讲卫生，反映出一个人的文化素质、思想觉悟、道德水平和人格的高低。无论何时何地，保持外表干净整洁，也是心灵纯洁的表现。一个人格健全的人，总是懂得用外在的美来表现心灵美，同时也用内心的美来映衬外在美。待人接物时，做到外表干净整洁，是一种良好态度的表现，同时，也是让自己充满自信。

印度佛教复兴之父安贝卡说："即使你穷得只剩一件衣服，你也应该把它洗得干干净净，让自己穿起来有一种尊严。"

中学生，你别"宅"

林顺风

如今，每逢周末或节假日，大批中学生都喜欢"宅"在家里，玩游戏、看电视的时间多于运动。也就是说，不爱出门、不爱运动的"宅小孩"，成了这个时代孩子的普遍代表。

而在新闻里、网络上、生活中，有关中学生"宅生活"的信息也可谓满天飞。《广州日报》就曾报道一名中学生的"宅生活"：小吴平时很好玩，老喜欢从家偷跑出去游泳、上网或溜冰，一玩就一整天。十一假期，父母给小吴买了台电脑，希望能够收敛孩子贪玩的习性。没想到，有了电脑后，小吴的确不爱出门了，可一天到晚待在家里，沉浸在网络游戏中，忙着"升级"，不停"练功"，乐此不疲。这同样让父母忧心忡忡。

一方面，中学生喜欢"宅"在家里，与"网"为伍，成瘾者对网友热情洋溢，对亲人却显得冷漠。有的中学生，宁可在网上向陌生人尽情倾吐和宣泄喜怒哀乐，对自己的亲人却只字不提，长此以往，无疑会疏远了亲人，淡化了亲情。

另一方面，有的中学生，虽不是网迷，但喜欢整天待在家里看电视、吃零食、睡大觉，这无疑白白浪费了大量培养人际交往能力的时间。而人际交往对个人成长、成材的积极作用又是极其重要的。懂得交际、善于交际，可以与他人互通信息，交流思想，可以消解一个人内心的孤独感，可以增进人与人之间的了解，消除隔阂，可以让人的性格在自省与察人的过程中逐步完善起来，从而形成健全的人格以适应复杂的社会。这么多的益处，一个过着"宅生活"的中学生，恐怕是难以想象的。

相反，那些拒绝"宅生活"的中学生，往往有着别样的生活，别样的精彩！著名社会学家、教育家潘光旦曾旗帜鲜明地指出："难道办教育和创制假期的人的本意，真要教人在这一个月或三个月之内完全停止学问工作么？我恐未必。"潘先生的意思倒不是说让我们继续重复课堂生活，而是鼓励我们实现"知识生活的解放"，为自己的个性和才华创设一个成长发育的天地。

换句话说，我们可以利用在校外的时间去扩大社交圈，进而在社会实践中见世面，经锻炼，长才干。例如，某校初三的张榆同学就经常利用节假日的时间在小区附近的主干道路口，配合交通协管员，向市民宣传交通法规，维护交通秩序，劝导和纠正交通违章行为。她说："这样做，不光是让自己懂得自觉地遵守交通规则的重要性，也是想让全社会的人都能自觉地遵守社会秩序。而且，还能与各种人沟通，锻炼了胆量，也提升了口才。"当然，类似的例子不胜枚举。在自然知识方面，我们可以做一次有目的的远足，做地质的观察和生物标本的采集；在人文学科方面，我们可以确定一个小题目，然后利用图书馆的资料进行研究；在社会活动方面，我们可以去做社区环保志愿者、文化志愿者、爱心志愿者、文明志愿者……这样，我们就能在书本以外的世界里，学到更多的知识，增长更多的见闻，结交更多的朋友，收获更多的喜悦，还懂得独立思考，懂得为人处世，懂得团结协作，好处实在太多！

别以没素质对抗不文明

王石川

埃及具有三千多年历史的神庙浮雕出现"丁锦昊到此一游"的涂鸦后,"丁锦昊"的真实身份被网友人肉出来,是南京一名初中生。2013年5月25日,丁锦昊父母通过媒体公开道歉,称监护不到位,恳请大家给孩子一个改错的机会。

在文物上刻字,是陋习。这种陋习走出国门,不仅伤害历史文明遗迹,还损坏国家形象,委实不可取。而在有着三千多年历史的埃及神庙上刻字,更是疯狂而危险的举动。"丁锦昊到此一游"这种涂鸦,但愿只是一名未成年人的无心之失。

刻字,确实不文明。但不能以没素质的手段对抗不文明。人肉丁锦昊,并把其信息(如出生年月、所就读学校)发在网络上;有人去丁家堵门,吓到了其家里的老人,影响到丁家正常的生活;甚至殃及池鱼,去黑丁锦昊曾就读的南京游府西街小学官网,打开该网站后,跳出一个弹窗,显示"丁锦昊到此一游";此外,不少网友用极其恶毒的言辞咒骂丁锦昊及其家人……这些做法同样不可取。

古人说"两害相权取其轻",孩子涂鸦是不懂事,应该被批评,但"欲除之而后快"岂不是更可怕?

丁锦昊并未成年,受《中华人民共和国未成年人保护法》保护。对这样的孩子，应该采取善意的批评，而不是一棍子打死。家长是其监护人，应该承担责任，这一点其父母也坦承，孩子犯错误，主要责任在大人，他们监护不力，此前也没有教育过他这种行为是不对的。批评应该适可而止，连其就读的小学都遭殃，是不是有些过分？

批评丁锦昊，更要剖析他刻字的原因。丁锦昊当时刻字是出于玩还是单纯的模仿？其父母和导游当时持什么态度？毋庸讳言，乱刻字的绝不只是孩子，有网友在微博上贴出照片，敦煌壁画上出现"香港文汇报高级记者宋寅到此参观考察"的涂鸦。堂堂高级记者居然干出如此下作的事情，更应该受到谴责。不让孩子乱刻字，成人更应该以身作则。

批评乱刻字现象，更要挖掘乱刻字的大众心理。据报道，"到此一游"和动物用"撒尿"的方式宣示地盘实质是一样的。通过"留名"来临时性宣示自己的"所有权"能让人得到一种自我满足。此外，还应该包括好玩、炫耀心理等。无论什么原因，都与惩戒不到位有关，只有严惩这些不文明行为，才能达到震慑效果。

"上帝的归上帝，撒旦的归撒旦。"丁锦昊该受到什么样的惩罚，由文物管理部门、学校裁量，作为围观者我们不能以没素质对抗不文明。当然，我们也应该扪心自问，我们在景点游玩时有过刻字的冲动吗？有没有时刻做到讲文明、有素质？

管好情绪这匹"马"

赵朋辉

2021年11月12日,天津交通广播《红绿灯》节目中,两位主播因"乾隆白菜"是不是美食而争吵起来,男主播一时情绪失控,竟然丢下女主播和听众,摔门而去,导致节目中断。此事引发网民的广泛热议,有网民调侃:"说得好好的,怎么就吵起来了呢?"原因很简单——情绪失控。

情绪人人都有,有人说情绪是一种复杂的身体和心理变化模式,包括生理唤醒、外部表现、认知过程,等等。由此看来,情绪是先天性的,人人共有。这样说来,表达自己的情绪似乎也是在所难免、合情合理的。但是别忘了,情绪是复合性的,它既有积极的一面,又有消极的一面,你传达的是哪一种情绪,就会造成什么样的后果。还须明白的是,情绪表达,归根结底属于个人行为,任何时候都不应该冲击常人底线,越过社会规则,触犯法纪法规。

积极的情绪总是给人美好的一面,它像细流一样浸润心田,像阳光一样温暖人心。良好的情绪会不断地传递一个人内心的柔软、平和、善良,达到增进感情、拉近人心、缓和矛盾、和谐社会的效果,这当然是人所共盼的美好愿望。然而,现实社会中,总有一些极为负面的情绪搅乱我们的心神,打破我们的平静。

据报道，成都某学校一名小学生因做错了题，被暴怒的老师连扇耳光，老师的极端的行为伤人伤己，究其原因，竟然是"没能控制好自己的情绪"，无论是开脱责任也好，或是真实情况也罢，失控的"情绪"无疑在其中扮演了不光彩的角色。

放纵、发泄个人情绪，对解决问题丝毫不起作用。相反的是，人们在情绪失控的状态下，往往会口不择言，行为越轨，会造成更大的人际冲突，让问题凸显，让矛盾加深，最终的结果是情绪与情绪吵架，情感与情感对垒，无疑有损个人形象，影响集体声誉，毁掉职业与前途，危害之大，不言而喻。当今社会所表现出的种种焦虑，比如，容貌焦虑、婚姻焦虑、职场焦虑、考试焦虑、分数焦虑等，其原因大多与个人内心的负面情绪有关。

《道德经》说："胜人者有力，自胜者强。"控制好、管理好情绪这匹"马"，不但是个人的修养、处世的智慧，更是一种人生的历练。生活中，我们难免遇到诸多不如意的事，每件事都会引起一团"无名之火"在心头。如何才能有效控制和管好自己负面的情绪，考验的是一个人的个人修养和自控能力。管控个人情绪，并不是要压制自己的情绪，需要的是疏通、调整。情绪来自内心，首先要从内心修养开始，读书与学习、乐观的态度、幽默的情趣、豁达的心胸、平和的心态，都是巩固个人情绪的堤坝、管好情绪水龙头的前提，是必不可缺的。再者就是，需要掌握管控情绪的方法和技巧。遇到事情，情绪稳定是至关重要的，来个"冷静期"，不失为防止情绪爆发的最好武器。

一位作家说："情绪是一把枪，当我们扣动情绪的扳机，枪口其实是对准了自己。"所有的坏情绪都需要你自己埋单，所有的好情绪都会给你自己一片晴朗的天空。难以管控自己情绪的人，往往也难以掌控自己的人生。只有管控好情绪这匹"马"，才能驾驭自己的未来，在平坦的旅途上更好地驰骋。

在生活的贼船上做快乐的海盗

✐ 梁水源

今天我想跟大家分享一个19岁女孩夏夏的故事。夏夏是个"留守儿童",但她是同学们的"开心果",平日里总能给别人带来欢乐。夏夏从小就喜欢画画,是个美术特长生。高考前,她发现自己的右腿不太对劲,有时候痛得甚至走不动路。但是,夏夏舍不得放弃自己的学业,她每天画到凌晨两三点钟才睡,早上又很早起床继续画。高考时,夏夏突然恶心反胃,但她一瘸一拐地去厕所呕吐完,再回来继续写考题。高考结束后,夏夏立即去医院检查,被确诊为骨肉瘤,俗称"骨癌"。医生为她做了肿瘤切除手术,但是病理化验一出来,结果显示肿瘤切片是恶性,医生建议到北京去治疗。没想到刚到北京,她的股骨就骨折了,她被120紧急送医,开始了痛苦的化疗,掉头发、皮肤变黑、呕吐……

但病情还是发展到了要截肢的地步,夏夏知道后一直哭。她无论如何也想不通,为什么会得这个病,为什么自己会有这么多痛苦?吐了十几天,水都喝不下,她哭啊哭啊……但她转念一想,命还在,还可以看世间美好事物。既然上了生活的贼船,何不做一个快乐的海盗呢?

想做一个快乐的海盗,重中之重就是能够接纳生活中的一切。于是,做截肢手术的时候,夏夏有了慷慨就义的感觉。截肢手术做完以后,残肢积液较多,她又接受了一次清创手术吸出积液。夏夏一次次与病魔斗争，医院甚至下了病危通知书，陪护的妈妈都被吓哭了，医生一拨又一拨地过来……好在坚强的她最终挺过去了。术后很长一段时间，夏夏的内心有时也会自卑，觉得少了一条腿，以后毽子也踢不成了，跑步也不利索。但一想命还在，还可以看世间美好的事物，还能敲键盘打字，就觉得有了希望。夏夏常常自嘲地说："就怕别人说，姑娘长得挺好的，就是没了一条腿。"

生病之前，夏夏喜欢蹦蹦跳跳，走路都跟跑一样。虽然失去一条腿，无法自由奔跑，但她决心与命运抗争到底。"大风可以吹起一片纸，却无法吹走一只蝴蝶，因为生命的力量在于不顺从"，她很喜欢这句话。家里人给她买了一台平板电脑，她迫不及待地安装了绘画软件，在医院里研究起怎么用平板电脑绘画。

后来，夏夏在网上看到一个"得了癌症是一种怎样的经历"的提问，就把自己患癌的经历发了出来，没想到跟帖评论达到几千条，一位网友在评论中说："你的文章给了我很多面对困难的动力，我们一起加油！"还有一位网友说："我很佩服妹妹你乐观积极的态度，如果轻易就被苦难病痛压垮了，活着多没劲，人生活的乐趣就在于与天斗，与地斗，与人斗，与一切的艰难困苦、一切的挫折坎坷战斗！"网友们的评论给她增添了很多力量。

上了生活的贼船，就做个快乐的海盗。面对人生突如其来的磨难，人们难免不知所措，焦急忧虑，担心着明天是不是还能"安全"地到来。其实，死亡一直是人类永恒的主题，而选择，却并不只有一种。既来之，则安之，换个心态去面对生活，你会发现不一样的快乐和美丽。故事讲完了，你是否也为夏夏的坚强而感动呢？

不向闲话的篝火中添柴

雪　萱

任何生物都有其本能，蜘蛛有织网的本能，狮子有狩猎的本能，鲑鱼有逆流而上的本能……当然，人类也有各种本能：求生本能、进食本能、母性本能……

但并不是所有本能都是正面的，负面的本能会跟随着生物的黑暗面而展露出来。

论述本能，就不得不提及笔者前阵子观看的《动物狂想曲》这部动漫，它特别的地方在于，里面的每一个角色都是动物。我们可以看到，每种动物都有它与生俱来的本能，因此注定要面对各种人生难题：迷你兔小春希望自己不会因为发情的本能而被歧视；红鹿路易渴求如肉食动物般强大；大灰狼朱诺努力破除世人对肉食动物的偏见。而主角雷格西是最努力克服自身食肉本能的角色，他身为肉食动物偏偏爱上迷你兔小春，可第一次见面他便受到本能的驱使差点吃掉小春。

动漫中有一段是雷格西一伙在贩卖肉的黑市遇到一头出售自己手指的老年大象，其他的肉食动物打算买下，只有雷格西反对，并流着口水跑出满是香气的黑市。雷格西不与同类为伍的原因正是他将对小春的爱扩大到全体的草食动物身上，他不愿伤害心爱的小春，希望小春好好地活在草食动物能生存的世界，因此他明白什么是正确的，所以他努力克服食肉的欲望。

虽然动漫中的角色都是动物，但我们能从中看见现实社会的影子，身为人类的我们不也有先天欲望需要战胜吗？至于负面的本能或许也可称为人性的黑暗面，最经常看见这种负面本能展露的是人与人之间的"嚼舌根"。

许多人一定都经历过这样的时期：在高中时代，总是有人在背后说着他人的闲话。曾经我也参与其中，顺着本能在人后说着闲话，你一言我一语的互动中，每人都能感觉到与他人站在同一战线的归属感。话题的温度在我们的唇舌间不断升温至沸腾，虽然是出于对他人的不满而说着闲话，话语间一股愤怒不断涌出，但更多的是一种愉悦感。随着年龄的增长，我渐渐产生了一种罪恶感。我明白这是人类的劣根性，是与生俱来的负面本能，我们在透过毁损别人的名声来获得一种成瘾似的愉悦。从此我给自己定了一套原则，不再说他人的闲话、不把快乐建立在他人的痛苦之上。

当大家一起说着他人的闲话时，就像围着炙热的篝火，大家不断从无情的嘴里拿出柴火丢进去，火烧得越旺她们就越开心。虽然现在听见有人在说别人的闲话时，我还是忍不住竖起耳朵仔细听，但我努力忍住蠢蠢欲动的嘴，不使我们中间的火烧得更旺。我很想从这团温暖的篝火中取暖，跟着大家一起欢乐起舞，但我拼命抑制这个本能，因为我知道怎么做才是正确的。

顺着本能是最舒适的、最省力的，但不代表那是正确的，我们必须去分辨何谓正确、何谓错误，将负面的本能压抑，就像雷格西为了心爱的小春及全体草食动物抑制了狩猎本能，克服了食肉的欲望，成了仁慈的狼。我们也必须闭上那张会对别人造成伤害的嘴，成为仁慈的好人。

第三章

关于思想

唤醒良心的"集合体"

游宇明

人必须有良心，良心就是善良之心，就是人的向善向真向美的本能，它是一个人内心的北斗七星，时刻引导着我们的夜行之路。

有的人良心是可以自我唤醒的。庾亮是东晋名臣，其妹为东晋明帝皇后，历仕元帝、明帝、成帝三朝，做过中书郎、征西将军等。他所乘的马中有一匹的卢马，这匹马额部有白色斑点，被时人认为会妨害主人。有人劝他卖掉。庾亮说："我卖掉此马，必定有买它的人，那又害了它的新主人。怎么能因这马对自己不利，就将祸害转移给别人呢？过去孙叔敖杀死两条蛇为后人除害，成为古来的美谈。我仿效他，不也是通达事理吗？"马属于财物的一种，主凶也好，主吉也罢，不过是一种迷信，未必人人相信，将它卖掉，也称不上是特别的无良之举。然而，有点迷信的庾亮却生怕卖马伤害了别人，正是这种自我唤醒的良心感动了后人。

不过，人的内心是非常复杂的。有的人良心可以自我唤醒，并不等于所有人都有这种素质。对那些刻意装睡的人，社会这个集合体就有必要出手了。

认真一想，社会想唤醒装睡者的良心，必须有一个前提：是非心。一个社会只以一时的利益作为评判某件事的出发点，黑白就会颠倒，坏人就可能逃脱惩罚。只有具备恒定的批判准则，并拿这把尺子去丈量个体的行为，它的是非心才不会泯灭。

社会的是非心源于多数人的坚持。一个社会大多数人没有良心，缺乏基本操守，它对个人道德问题的抵制力就会变得低下，自私自利的人也就不必付出什么代价，其他人也会有样学样，社会风气只会越来越污浊。文明社会大抵喜欢以法律的方式促进道德，就是为了确保社会道德能够维持在一定的水准上，不至于在关键时刻对失去良心的人"放水"。

希望社会成为唤醒良心的"集合体"，其实就是希望我们面对的世界显示出基本的正义、高贵。

鞋子合脚比美观更重要

王海银

请大家做一道选择题：有两双鞋子，一双看上去土气，但很合脚，穿在脚上感觉很舒服，且结实耐穿；另一双看上去"高大上"，外观受到大家好评但硌脚，影响走路。假如只能二选一，你会选择哪一双？

回答可能因人而异，但可以肯定的是，越是自信、成熟、理性的人，越是倾向于选择前者。道理很简单：其一，鞋子的基本功能是护脚，美观永远是第二位的；其二，穿鞋属于个人"内政"，应当首先考虑的是个人感受，而不是他人的好恶。

然而，有些人却不明白这个道理。曾有媒体报道，某校组织学生去日本游学，团费15000元。当中有一位同学，他本人对这项活动并不是很感兴趣，且知道家里穷，假如支出了这笔钱就得节衣缩食了，但"不去怕同学嘲笑自己是穷人"，最后还是去了。

还有这么一位同学，中考时只考了320分，按道理，像他这种情况，最好的选择是上职校，学一门实用技术。他本人也酷爱烹饪，可他觉得学厨师丢人，非要上普高，结果高考只考了280分，可他没有接受教训，又选择了上大专。由于基础太差，上课如听天书，苦不堪言，白白浪费了三年的好时光。如今毕业了，他由于专业学得一塌糊涂，找不到"体面"的工作，却又耻于外卖员、服务生之类的职业，沦为了"啃老族"。

战国时期的思想家韩非子说:"志之难也,不在胜人,在自胜也。"我们切不可被表面的光鲜所迷惑,而盲目地去追求一些不切实际的东西,那样会得不偿失。

作为社会的一员,为人处世不能不在乎他人的评价。但要明白,他人的评价分为两类:一类针对的是公共领域的问题,是出于对公共利益的关心,比如你在自习课上大声说话、在校园里乱扔垃圾等,这不能不让人家批评;另一类针对的则是纯粹的私人事务,当然,对于纯私人事务,比如衣服的搭配,别人私下里给你一些建议,并没有什么不好。

问题在于,总有那么一些人,对你个人的需要和利益毫不关心,却对你的个人志趣、个性化的行为方式,以及家庭出身、体貌特征等,妄加评论,这实际上是缺乏教养的表现。假如我们对这些缺乏教养的人信口开河说的话也当回事,岂不是太抬举他们了?

人们常说"谁人背后无人说"。假如你选择鞋子时只顾自己需要,而不顾及别人的感受,就会有人对你评头论足;反过来,假如你只顾别人的感受,而不顾自己的需要,又会有人说你缺乏主见和个性。更为严重的是,假如你选择的鞋子磨破了自己的脚,影响了行走的姿势和速度,又会招来更多的议论。

唐代诗僧王梵志有一首五言绝句:"梵志翻着袜,人皆道是错。乍可刺你眼,不可隐我脚。"敢于无视世俗的偏见和嘲讽,走自己的路,是一种更高层次的勇敢。庄子所倡导的"举世而誉之而不加劝;举世而非之而不加沮",我们或许很难做到,但至少应该朝这个方向努力!

"多难"何以"兴邦"

吴敏文

每当面对大灾大难，就会出现"多难兴邦"的声音。处在大灾大难中的民众和社会，需要心理抚慰和战胜灾难的信心。从这个角度考虑，这样的声音是必要和积极的。然而，我们应理性地思考，灾难不是兴邦的有利因素，灾难本身更不会直接对兴邦产生积极影响。

"多难兴邦"的说法，最早可能出现在《左传·昭公四年》中，讲的是晋国有一位大臣叫司马侯，对晋国的国君讲了这么一段话："对于邻国的灾难不可幸灾乐祸，有的灾难，反而使国家稳固、开辟了疆土；有的国家没有灾难，反而丧失了守卫的能力，失去了国土。"

后来，西晋政治家和军事家刘琨在《劝进表》中，对东晋开国皇帝司马睿说："或多难以固邦国，或殷忧以启圣明。"意思是说：多灾多难的局面，或许可以激发人民努力生活，使国家转危为安并复兴强盛起来。以此劝告晋元帝司马睿发愤图强、振兴国家。

然而，我们不能将"失败是成功之母"简单理解为"失败之后就会成功"，从失败到成功，需要脱胎换骨的转化。促成这个转化的，是对失败原因的深刻反思和准确判断，以及采取对策补齐导致失败的那些短板，从失败中吸取教训加倍努力。

对此，古人已经有了深刻的认识。唐朝著名学者、有贤相之名的陆赘曾说:"多难兴邦者,涉庶事之艰而知敕慎也。"这句话的意思就是:要想多难兴邦,前提是要对涉及庶民的诸多事务的艰难困苦有深入的了解,并时时自省、自警、自我告诫。没有卧薪尝胆、常备不懈和警钟长鸣,仅是"多难"是不能"兴邦"的。

到底怎样才能多难兴邦?答案很多。《孟子》所提出的观点也很有启示意义:"入则无法家拂士,出则无敌国外患者,国恒亡。然后知生于忧患而死于安乐也。"其含义是:一个国家,如果在内没有坚守法度的大臣和足以辅佐君王的贤士,在外没有实力相当的邻国,这样的国家就常常会走向灭亡。忧患意识能促使人(或国家)生存发展,安逸享乐则会使人(或国家)走向灭亡。

多难并不一定兴邦,主因之一就是教训万难吸取。德国哲学家黑格尔说:"人类从历史中学到的唯一的教训,就是人类没有从历史中吸取任何教训。"这一说法未免过甚。果真如此,历史的进步从何而来?但他未必无的放矢。多难本身,就是因为没有吸取足够教训。有人说:"历史是一个耐心的老师,你学不会,它就反复教你。"我说:"历史同时也是一个严格的老师,你不及格,它就让你反复留级。"再三的苦难,正是反复留级的体现。

不得贪胜

苗向东

唐玄宗时期的围棋国手王积薪传下来的"围棋十诀",第一诀是"不得贪胜"。很多人不理解,说下棋不就是为了胜利吗?不想取胜下什么棋?博弈就是为了分高下、比输赢,每次交战赢了才有成就感。再说有好胜之心、求胜之心,是人的本能。

围棋职业七段棋手王煜辉说:"我见到过许多棋友,在局面大优之时,一边嘴中念叨着赢棋不闹事,一边在脑海里设计着怎样才能再吃掉对方的另一条大龙。"也经常会听到棋友这么说:"对手这手棋太欺负人了,要是不杀他大龙赢了也没意思。"凡此种种,都属于"贪胜"的表现。

韩国围棋职业棋手李昌镐,曾创造多项围棋历史纪录,开创了"李昌镐时代",他根据自己的围棋之路写了一本书,叫《不得贪胜》,他说:"人生的目标自然是'求胜',但是对目标过于执着,就会让我们心浮气躁、视野狭窄、思维僵化。"

在1996年的应氏杯中,他克制了自己"十分想冲入阵中进行一番劫杀"的冲动,没有卷入混战之中。最终在247手时以胜利告终。他曾说"我从不追求妙手""我从不想一举击溃对手"。这使他的棋路极其稳健,极少出错,使任何对手都感到无机可乘,而他每每收官之时,总能胜对方一子半目。

胜利是好东西，但对胜利的贪欲却会让你远离最终的胜利。"贪胜"会让人心态失衡，太想赢往往就容易急功近利、铤而走险，反而容易慌了手脚、乱了方寸，犯下错误。

人求胜欲最强的时候，最容易被欲望冲昏头脑失去理智；对别人进攻最强的时候，正是自己防守最弱的时候，容易被别人抓住漏洞，一举击溃。中国棋院第一任院长陈祖德的围棋观是：人生如棋，棋如人生，不得贪胜。

那么怎样才能不"贪胜"呢？吴清源先生常说，下棋要有"平常心"，即心平气和。不应一味逞强好胜，处处追求打压对手，在确保胜利的前提下，赢20目的棋可以退让19目。妙手极美，从另一个角度看，却是陷阱。迈最大步子往前冲，也最容易一脚踩空。妙手之后，或许不假深思的棋也来了。全力之后，难免懈怠。

不能贪得无厌。围棋赢半目也是赢，赢一百目也是赢，不要为了多赢，而忘了自己的安危，陷入困境。

当然，"不得贪胜"并不是让我们放弃"求胜"之心，而是要我们认清自己，避开各种诱惑，时刻保持头脑清醒，从而发挥自己最大的潜能。如果能领悟到此中关键，棋力便会大大地提高。围棋如此，人生也是如此。

多少有名的能人都栽在"贪"字上。在战场上，只知一味地猛打猛冲，就很容易造成不必要的损失和牺牲。佛家三戒，第一戒就是"戒贪"。所以懂得不贪胜，必将乐此一生！

"不如"的智慧

龙祖胜

古往今来，许多有建树的人都有一种"吾不如"的精神。所谓"吾不如"，是说"我不如某某"，或是"某某比我强"。这不仅仅是一种自谦之辞，也是于人于己的实事求是。承认别人的强大，是一种美德。历史上的圣哲先贤，他们之所以能建功立业，名垂千古，原因就在于他们都具备博采众长的精神，敢于宣称"吾不如"。

比如曾国藩曾说："论兵战，吾不如左宗棠；为国尽忠，亦以季高为冠。"瞿秋白曾说，搞农运，他不如彭湃、毛泽东；搞工运，他不如苏兆征、邓中夏；搞军事，他不如叶挺、贺龙。虚心谨慎，溢于言表。

可是我们不少人在发表意见时，觉得"我"的看法和观点很有道理，别人的见解都没有自己高明；在谈论工作时，"我"的功劳无人能敌，别人的付出都没有自己多。大有世界"不如吾"的豪迈气概。但事实告诉我们，大凡这样的人，无论是学业，还是工作，都少有建树。

"吾不如"和"不如吾"是两种不同的处世哲学，必然带来两种不同的人生结果。我们应该摒弃"不如吾"的自大，保持"吾不如"的境界。"吾不如"，不过一句简单的话语，说出来却是千难万难。

山外有山，天外有天，面对比自己强的人，由衷地说一句"吾不如"，不但不会贬损自己，而且是一种值得称道的美德。"尺有所短，寸有所长。"再伟大的天才也有不如别人的地方，何况我们是普通人呢？历史上的圣哲先贤，心怀"吾不如"的谦逊、博采众长的精神，才最终成就功业而名垂千古。生活中敢说"吾不如"，才能使自己的胸怀更宽广。当然，"吾不如"是让自己找准生命的坐标，觅得成功的途径，而非一蹶不振、自暴自弃。

　　一个人能够承认自己"不如"别人固然是可贵的，在承认"不如"之后怎么做就更为重要了。《三国演义》中有周瑜和诸葛亮斗智的故事。经过几番交手，特别是诸葛亮不费吹灰之力就从曹操那里"借"来十万多支箭之后，周瑜慨然叹曰："孔明神机妙算，吾不如也！"在这里，周瑜也承认自己"不如"诸葛亮，但是，看到自己不如诸葛亮之后，周瑜就千方百计地给诸葛亮出难题，结果，气量狭小的周瑜反而被诸葛亮气死。一个人见不得别人比自己强，看到别人强于自己就产生嫉妒之心和陷害之意，这于人于己都是没有好处的。

　　有的人则不是这样。明末清初的大学问家顾炎武曾经说过一段话，其中大概意思是："要说苦学的程度，我不如李中孚；与时俱进的能力，我不如路安卿……而好学不倦的品格，我不如王山史。"顾炎武也看到自己有很多方面都"不如"别人。但是，他没有像周瑜一样，一心嫉妒别人，而是虚心学习，尽量提高自己的水平。正因为他有这样的心态，所以，他的一生成就显赫，在音韵、经学、史学、金石等方面都有很深的造诣。顾炎武发现自己"不如"别人之后，不是痛恨别人，而是化不足为动力，使自己由"不如"别人变为超过别人，这才是对待"不如"的正确态度。

　　面对"不如"这个客观存在的现实，我们既要有敢于承认"不如"的勇气，又要有正确对待"不如"的智慧。

为暴力点赞的声音不理智

柏 柏

2016年11月15日,广东东莞东城朝晖学校7年级的小远到同年级小彬的班上找人拿东西,与小彬发生口角。当天晚上小远跑到小彬宿舍,扇了小彬几个耳光。第二天晚上又来扇了小彬几个耳光。小彬被打的事儿有同学向老师报告,小彬的班主任陈老师听后"异常气愤",带着小彬来到小远班级,将小远打了几个耳光。

这本是一个普通事件,却因有好几万网友点赞教师打得好而成为热点话题。通常这种老师打学生事件,只要曝光到网上,都会引来对老师的一致声讨,为什么这次却发生一边倒支持打人老师的怪事儿呢?原因就像网上所说,网友们都认为女教师的做法是一种"惩恶扬善"的侠义之举,女教师是为主持公道而复仇的"中国好老师"!

凭良心讲,惩恶扬善、锄强扶弱之心谁都有,推己及人,谁不想自家孩子有这样的老师,受了委屈能帮孩子出头?这也是女教师的做法获得众人点赞的根本原因吧,但回头认真想想,仅仅出于善意就无视法律、制度的做法,值得点赞和推广吗?网友们的点赞是不是一种理性的选择?

女教师的做法首先是不正确的,更不应该被推广和赞扬,她后来出面道歉是应该的,对被打学生小远做出赔偿也是正确的。但是女教师的做法是否一无是处呢？公正地看待这件事，值得称赞的是她内心的善良和正义感，不值得称道的是她脱离制度之外的不理智做法。

深圳交警曾开展"严查远光灯"行动，违法者先对自己被远光灯照射进行体验，感受危害，体验后交警再行处罚。这种"体验式执法"获得约10万次点赞。一时间这似乎成了可以推广的成功经验。

法律的保护比个人的保护更有力。法律才是维护正义与善良之术。那是不是女教师的做法就该嗤之以鼻，大加鞭挞？也不应该，这个社会呼唤善良和侠义热血，但我们在展现自己的责任感与正义感时，需要注意的是正确的方式和理念，应该知道在法律规章制度的框架下来追求公平正义。

但我们还应该想到的一个问题是，无论是涉事的女教师还是广大网友，为什么会选择这种方式处理这件事？背后的根源在哪里？小彬不是第一次挨打，挨打之后的小彬为什么没有报告学校和老师？在剔除了孩子本身不成熟的想法和做法之外，是否学校也存在一些问题，使孩子不认为自己会得到制度保护，甚至涉事老师也认为除了自己以暴制暴之外，没有更好的保护孩子的方式。所以，只有让人们真正感受到法制的力量，感受到法制下真正的公平正义，人们才不会用这种暴力方式换取安全和正义，也不会出现那么多不理智的为暴力点赞的声音。

刻苦读书与享受青春并非水火不容

王海银

湖北随州二中王桂兰校长曾做了一篇主题为"不读书、不吃苦，你要青春干嘛（吗）"的演讲，经朋友圈传到网上后，引发了舆论的热议。

这篇演讲，从形式上看，文采飞扬，形象生动，不失为佳作，但内容未免老生常谈，无非是读书如何如何重要，读书必然苦，不吃非常之苦，难成非常之人，用几年读书之苦换取未来50年的成功之乐相当划算，等等。虽然也有点新东西，比如青春最好的营养是刻苦，但难以服人。

笔者以为，青春应该是五彩斑斓的，苦读只应是其主色调之一，除此之外，还应该有其他色调，其中最必不可少的，就是快乐。

首先，别忘了这么一个基本常识，每个季节有每个季节的风景，错过了春天的风景，到了其他三个季节，即使有再多的闲暇，也无法弥补。同理，每个年龄有每个年龄的快乐，15岁的快乐只能在15岁时享受，等你到了50岁，即使登上了权力、财富和名望的顶峰，却也无法享受15岁的快乐。比如同学间那种纯洁的友谊，少男少女结伴郊游时的美妙感受，一起仰望星空时的遐想和憧憬，等等，是成年人绝对没有福分享受的。在某种意义上，青春期是"乐商"最高、快乐成本最低的时期，更应该享受快乐。四季可以轮回，青春却一去不复返，成年后的快乐，怎么能取代和弥补成年前的快乐！

其次，王校长只看到了"青春最好的营养就是刻苦"，却忽视了，青春还需要一种非常重要的营养——快乐。只有体验到了快乐，感受到了生活的美好，才会热爱生活，珍惜生命，才会有吃苦和奋斗的动力。甚至，青春期享受到的快乐，可以作为中老年时的美好回忆，温暖和慰藉我们的后半生。我们知道，青少年时期缺乏营养对发育造成的损害，成年后无论如何加强营养也无法弥补，同样，青少年时期缺乏快乐对心理健康造成的危害，成年后无论拥有多少资源，也是补不回来的。

再次，凡事都有个度，贪图享乐，固然不利于学业，但过度刻苦，身体、大脑得不到起码的放松和休息，同样也不利于学业。适度享乐，对于放松身心，消除疲惫，保持对学习旺盛的精力和兴趣，是大有好处的。须知，学习是一种复杂的脑力劳动，需要缜密、敏捷的思维，有时还需要灵感。头悬梁、锥刺股，身心处于极度的疲惫状态，效率从何而来，又如何能持续十几年？

笔者想说的是，刻苦读书与享受青春并非水火不容，最符合青少年利益的选择，既不是只顾当下的享乐而不顾前程，也不是牺牲当下的快乐去换取前程，而是兼顾当下和未来，在当下的快乐和未来的快乐之间找到一个平衡点。这才是考验教育工作者的智慧和责任感的地方。

最后，笔者还想指出，在吃苦方面，青少年不能只吃读书之苦，还应该吃其他的苦，比如野营、登山、徒步旅行、做义工，等等。这样，"营养"才更全面，更有益于健康成长。

我们是否低估了考试作弊的危害

常苏英

不知大家是否还记得，曾震惊中美两国的15名中国留美学生涉嫌在美国大学入学考试中共谋作弊案，首名认罪的中国留学生李必远，因为雇佣枪手替考，被判处5年缓刑并立即遣返回国。

还须指出，在美国，考试作弊是一种为人所不齿的失德行为，会严重损害当事人的名誉，对其日后的学习、工作和生活产生影响。然而在国内，考试作弊顶多也就是取消录取资格并禁考1~3年，对当事人的名誉几乎没有什么影响。有的同学不但不以为耻，反以为荣，津津乐道地卖弄自己的作弊技巧。

法律对某种越轨行为的惩罚力度，取决于其社会危害性的大小。美国人对考试作弊行为的惩罚力度远远超过我们，表明在美国人眼中，考试作弊的社会危害性要比我们认为的更严重。那么，对于考试作弊的社会危害性，究竟是美国人高估了，还是我们低估了？

众所周知，教育对人的一生有着极其重大的影响。对于出身贫寒的人而言，教育是改变命运的主要渠道。然而，每有一个学习较差的考生通过作弊进入了大学，就意味着有一个学习较好的考生被挡在了校门外，这无异于前者"盗窃"了后者接受教育、改变命运的机会，其危害在某种意义上比被盗窃钱财更为严重！

公立大学的经费主要来自国家财政拨款。入学考试的目的，是将教育资源配置给最有培养价值、将来可以给予社会最多回报的考生。假如培养一个大学生国家需要投入10万元，那么以作弊手段取得大学入学资格，就等于是以欺诈手段将国家价值10万元的教育资源据为己有，这在性质上与诈骗是相同的。

可见，是我们低估了考试作弊的危害性。

期中、期末考试及平日的测试作弊，社会危害性虽然没有中考、高考等入学考试那么严重，但其性质同样是欺诈。假如放任这种欺诈行为，就可能让学生习惯成自然，发展为在中考、高考作弊等更为严重的欺诈行为，将来还可能将这种习惯带到社会和职场上去。因此，对考试作弊不可掉以轻心。

社会进步的标志之一就是建立健全社会信用体系。在传播真知的校园，作弊行为竟极为普遍，究其原因还是对作弊的处罚力度过轻，失信的代价过低。既然如此，要唤起学生的重视，巩固学生的诚信观念，自然像是痴人说梦。如果不加大对失信行为的处罚力度，靠作弊手段"爬升"的学生将来"回报"给社会的又会是些什么——只能是愈演愈烈的诚信问题。

鼓励揭发同学不可取

王海银

据报道，山东某校期末考试时出了这么一道试题：选出你认为上课最积极的3名同学和翘课最多的3名同学。考题一披露，网友直呼"神题"。

不言而喻，这种"神题"，等于是在鼓励同学间相互揭发违纪行为。

这引出了一个令许多同学困惑的问题：同学有了违纪行为，该不该向老师揭发？揭发同学的违纪行为，是"小人"之举，还是"大义灭友君子之举"？

应该说，同学间互相揭发，对于维护正常的教学秩序，是有一定作用的，对违纪同学本人也有一定的好处。但这种作用和好处是非常有限的，更不具备不可替代性。其一，正如打击犯罪须主要依靠警察恪尽职守，而不能依靠群众见义勇为一样，查处学生的违纪行为，也应该主要依靠教师的认真履职，而不能依靠学生的"大义灭友"。其二，学生翘课、违反课堂纪律等，只是一种轻微的越轨行为，社会危害性很小。揭发这种行为，根本算不上"大义"。"大义"不存，"灭友"也就失去了正当性，而"灭友"的动机倒是值得怀疑：假如你真是为同学的学业、前程考虑，采用私下规劝的方式，岂不更好？

在人的一生中，学生时代是最重视、最需要朋友的时代。同学之间没有重大的利害冲突，朝夕相处，因而形成了一种纯洁、亲密的关系。这种关系给应试教育背景下枯燥的校园生活增加了色彩和温暖，对于学生的身心健康、学业及社会化等，都有着极其重要的意义。有些功课太差、升学无望的同学之所以还能坚持到校，没有走到社会上去，正是靠了这种关系。这种纯洁而亲密的关系，还将成为学生未来漫漫人生历程中最美好的回忆，转化为克服困难、向上向善的正能量。同学间相互揭发，势必严重损害这种关系，对学生的学业和健康成长造成严重影响。

山东某校做法，往轻里说，是一种懒政，靠学生互相揭发来减轻校方的督察之劳；往重里说，则是离间同学间的关系，令同学失和，以便其"各个击破"。因此，我们有理由认为，学生间相互揭发违纪行为，弊远远大于利，因而是不宜倡导和鼓励的！这样的做法，不仅解决不了问题，还容易增加学生之间的矛盾，让学生在极其不友好的环境中成长、学习，这势必影响他们的发展。希望这种互相揭发的不正之风，能够及时在校园里打住。

困难的出现就是为了淘汰人

刘 岩

你们有没有觉得数学很难，我相信，大部分人都认同这个观点。当然，学霸除外。因为数学太难，有人提议把它踢出高考，还写了一篇长文发在了网上，结果获得了七成网友的赞成。看来，多数人对数学是深恶痛绝啊。面对七成网友的赞成，有位大概数学学得不错的网友留言道：数学难就是为了淘汰这七成人。

一句话，有没有让你惊醒？反正我是惊醒了。如果每门功课都那么简单，学生不用怎么努力就能取得好成绩，岂不是个个都能上北大和清华？就像考试一样，难度系数高的题目就是为了拉开分数差距，把那些知识掌握不扎实的学生淘汰。

困难的出现就是为了淘汰人的，它总是把一些努力不够、能力不济、意志不坚定的人淘汰掉。看看那些成功的人，我们就会发现越成功的人，曾经战胜的困难就越多。就说考大学，马云曾经三次参加高考才考上大学，他第一次高考，数学只考了1分。数学对他来说有多难？但他最终还是考上了大学。如果他逃避了，没有考上大学，也许依然会有阿里巴巴这样的企业，但绝对没有今天的马云。俞敏洪同样是三次参加高考，终于考入了北大。这其中，他所面对和战胜的困难同样不少。

困难就是一个门槛，跨不过去的人就只能在门外，跨过去的人才能拥有令人羡慕的人生。卓越的人一大优点是，在不利与艰难的遭遇里百折不挠。对于强者来说，他们更需要困难，来显示出他们的强大。他们总是能战胜困难，并将其变成脱颖而出的良机。就像去摘山顶上的果子，艰难的山路会淘汰掉一批人，而登上山顶享受果实的人则会感谢那艰难的山路，帮他淘汰了竞争者。

每一个领域都是如此，越是站在最顶端的强者，所战胜的困难就越多；绝大多数的平庸者都是在某一阶段被某方面的困难所阻挡。

所以，亲爱的同学们，以后面对学习中的困难，还有未来的人生路上将会出现的艰难险阻，应该怎么办？你们是不是有了答案？

第四章

关于理想

不是所有的坚持都有意义

张升平

邻居家的一个孩子，已经高二了，明年就要参加高考，暑假刚开始，他就明确地告诉他的父母，新学期无论如何也不再去学校了，他已经和在外地打工的同学联系好了，放假就去打工。邻居很失望，他们觉得我是一个有文化的人，又当过孩子的老师，就让我做他们儿子的思想工作。我自是当仁不让，经过几次晓之以理、动之以情的耐心劝说，那个高二学生终于答应父母继续上完高中。

人生，说到底就是一种坚持。我一向赞赏做事持之以恒的人，所以特别欣赏蒲松龄的那副对联："有志者，事竟成，破釜沉舟，百二秦关终属楚；苦心人，天不负，卧薪尝胆，三千越甲可吞吴。"有坚持，就有成功。

我很喜欢卢勤姐姐讲过的那个"毛毛虫的故事"：一条小小的虫子，它的理想却是要爬上山顶，路旁的小树、野草都跟它说，算了吧，对你来说一洼水就是大海，一块石头就是大山，你怎么能爬上山顶呢？！但是，毛毛虫没有畏惧困难，仍是执着地向山顶爬着。后来，爬到半山腰的毛毛虫一下子蜕变成一只蝴蝶，径直地飞上了山顶。

毛毛虫的成功，就是坚持的结果。短短的人生，一个明智的选择很重要，而为了这个选择无怨无悔地坚持，更为重要。

然而，坚持并不意味着做事拘泥，更不是明知不可为而为之，也并不是所有的坚持都有意义。孔乙己坚持不脱下身上那件象征着读书人身份的长衫，最后落了一个可悲的结局；《守株待兔》中的那个宋国农夫的坚持，成为人们的笑柄。

有一天，我去街上一家小吃店吃早餐，意外地遇到上初中时的一个同学。同学姓王，名字有点记不清了，只记得在那个已经开始在意学习成绩的年代，王同学的成绩一直在全班的下游，所以没考上高中。从那以后，我们就很少见面了。

那天，王同学穿着一件灰色的夹克衫、一双半旧的运动鞋，头发有些凌乱，好像是刚刚下班的样子。

他见到我，先是惊诧，继而与我寒暄起来。多年前的同窗之谊，一下子拉近了我们的距离，我们边吃边聊。王同学是一个有意思的人，只有初中学历的他，也明白"有志者，事竟成"的道理，他坚信做什么事情只要坚持下去，就能有结果，或者说能改变命运。但是最后，他选择了天天坚持买彩票。王同学觉得，买彩票操作不复杂，投资也不多，况且还是"分期付款"，前景十分诱人。为了彩票，他戒烟了，平时喜欢喝点酒的习惯也改变了。至今，他已经买了整整10年的彩票。

只是理想还没实现，他还在努力。

买彩票，我不吃惊，社会上有很多买彩票的人，大多数都是兴之所至，偶尔涉足；然而也有一些梦想一夜致富的人，坚持若干年仍执迷不悟。在横店影视城碰运气的人很多，成为"王宝强"的机会微乎其微；有人坚持一辈子，仍然是"路人甲"。

有潜质，又努力，那叫坚持；无目标，欠思考，就是一种糊涂。

孩子，你一定要和别人不一样

> 刘志军

　　孩子，我今天要和你谈的问题是，我们要成为一个什么样的人。

　　昨天你妈妈说，邻居又给她的孩子报了一个学习班。你妈妈恨不得马上也给你报一个同样的学习班，但她的这种冲动最终被我拦住了。我不想让你成为我们家长之间互相攀比的一个筹码，更不想让你变成一个和所有同龄人都一模一样的孩子，那样你就不可爱了，就不是爸爸妈妈心目中独一无二的孩子了。

　　现在，我真的很担心，你以后会变得没有了自己的独特见解。所以从现在开始我要求你，无论做什么事都要尽量和别人不一样，但这绝不是鼓励你调皮捣蛋。我所说的不一样，是指内心的改变。我希望你在做事情的时候，要有和别人不一样的想法。具体怎么做呢？举个例子吧，比如，老师给你们布置的作业是在暑假读完《三字经》《夏洛的网》《舒克贝塔传》这三本书，很多同学就按照老师的顺序一本本地读了下来，那么你就可以和大家有所不同。你可以选择倒着读完这三本书，也可以选择《夏洛的网》《三字经》《舒克贝塔传》这种读书的顺序，或者其他方式。你看，就简单的三个选项，也可以有六种不同的选择方式。或许你会说，这有什么不一样？到最后不都读完了吗？但是，孩子，我可以很负责任地告诉你，这不一样，而且有很大的不一样。你和别人掌握的知识量是一样的，但在你阅读的时候，大脑的思考是不一样的，那么所得也就会不一样。先读的那本书在你脑海中的记忆会影响到你接下来读书的思考，这很奇妙，不同的读书顺序会带来不一样的阅读体验，这种思考会刻在你的脑海中。孩子，你要记住这句话，在你学知识的过程中，未经过思考的知识并不属于你，更不会为你所用。所以，是思考让你和其他人不一样。

现在很多人正在做一件很差劲的事，那就是最大限度地消除差异。他们的做法很简单，那就是给你安排做规定动作，比如教学，比如培训，他们都以一个模式给你一种标准答案，不用你费劲就能知道结果，这很可怕，这样"多快好省"的模式抹杀了你的思考和你的独到见解，让你变得人云亦云，这样的你是我最不愿意看到的。我想看到的是，尽管现有的教育体制要求我们必须穿一样的衣服，上一样的课，看一样的书，做一样的事。但是，你在其中游刃有余，用自己的方式活得和其他人不一样。一个人活得轻松潇洒的秘诀就是，凡事不用和别人比较，做你自己就好。

孩子，有时候踏踏实实学习在短时间内收效甚微，但只有这样你才能在今后的道路上弯道超车。很多人都选择补习，或者直截了当地背诵别人总结的经验、答案，这种速成的学习方式我不建议你模仿。可能你花笨功夫要用很长时间才能做成一件事，在别人看来很傻。但是，这样做的好处是踏实，一步一个脚印地走下去，就不会在日后重补当初抄近道而绕开的那段路。

孩子，我现在不会给你报学习班，让你每日除学习外，没有属于自己的时间；将来也不会给你花钱买工作，让你顺顺利利地进入一个收入稳定，却老气横秋的单位终此一生。我会放手让你去做自己想要做的事，我会鼓励你走大多数人都不走的路，我会支持你的每一个突发奇想，因为我是你的爸爸，永远是你坚强的后盾。

所以，孩子，如果你想要活得和别人不一样，那就永远做自己的原创，千万不要活成他人的翻版。

你当是一根有思想的芦苇

把会的事情做好

刘世河

在一期《朗读者》节目中，刘震云讲述了自己对女儿的教育观："我只是告诉过她一件事，不管是考试的时候，还是回家做作业的时候，不会的题就不要做了，因为做你也做不对，但是你能不能把自己会的给它做对。"

我深以为然。其实不光做作业，人生中有许多时候也是这样，你只要把会的事情做好，就已经很了不起了。可很多人却往往相反，放着自己会做的事情不去做，反而勉为其难地去做自己不擅长的事。到头来，自己落个灰头土脸不算，原本会的事情也因闲置太久而不会了。

想到我读初中时的一个数学老师，每次考试前他都会不厌其烦地叮嘱我们，拿到卷子后先统览一遍，然后赶紧先挑自己会的题解答，会的题做完了，再做似会非会的，如果这时候还有时间，再集中精力破解难题。他说这样做有两个好处：第一，考卷上的题都是课堂上学过的，只要你先把自己有把握答对的题做好，分数就不会太差；那些所谓的难题，毕竟是少数，即使不答，也丢不了多少分。第二，这样做你心理上不会太紧张，因为会的题你答得很轻松，这就等于给此次考试开了个好头。如果你一拿到试卷就先啃硬骨头，往往会耽误很长时间，等你回头去做那些会的题时，可能时间已经不够用了，因为考试时间就那么长。

记得当时我们都很听这位老师的话，于是我们班的数学成绩一直都很稳定。老师的教导让我直到今天依然受益匪浅，因为我从中渐渐悟出了一个道理：其实，对自己所谓"会"的题的认知过程，也正是认识自己的过程。知道自己究竟会什么、适合做什么，也就是要充分了解自己的炉膛里到底能盛多少煤，这尤为重要。弄清楚这些，往小了说是有自知之明，往大了说那就是方向问题了。方向对了，路越走越通；方向不对，怎么走都迷糊。

我认识一个烧烤店的小老板，他的生意相当不错。烧烤店紧挨着一家大型服装城，那些卖服装的老板都是他的固定食客。他看着那些人衣着光鲜地来吃他的烧烤，就开始艳羡起来，于是他干脆关了烧烤店，拿出所有积蓄也在服装城里租了门面卖服装。谁知，他干不到半年就赔得一塌糊涂。他很郁闷，纠结于为什么人家能行，自己就干不了呢？后来他听从朋友的建议，又想方设法盘回了原来的烧烤店。没想到一开业，仍旧火得不得了。当说到"败走麦城"的经历时，他深有感触："这人啊，你总得知道自己到底能吃几碗干饭，我现在算是琢磨透了，你会啥就把啥干好，这比啥都强！"

会啥就把啥干好，这个道理尽管很简单，可还是有些人偏偏不认同。我有一个同事就和我激烈地争辩过许多次。他的观点是人就要勇于挑战自我，不断探索新知，就像央视《挑战不可能》中的那些人一样，就是要把不可能变成可能。其实他忽略了一点，那就是节目中那些人所挑战的项目尽管难度很大，却都在他们会的领域里。而且他们已经在这个领域里将这项技能锤炼得相当娴熟，所谓的挑战，只不过是增加了难度系数而已，并没有脱离自己"会"的这个前提，所以才有可能把"不可能"变成可能。

榜样的力量不是无穷的

苗祖荣

网上曾流行一篇题为《别人家的孩子》的文章。一直以来，我们都认为"榜样的力量是无穷的"，于是我们的父母、老师，甚至学生自己也总是喜欢树立一个学习的榜样。

在航天员杨利伟"飞天"后，全民掀起了向"航天人"学习的热潮。我的一个同学也有一个目标就是当航天员，他开始痴迷起了航天知识，可是高中毕业时身体原因让他没能当上飞行员，自然航天员也当不成了。在全国掀起向雷锋学习的活动中，我还有一个同学也想成为雷锋那样"出差一千里，好事做了一火车"的人。于是下雨天，他把自己带的雨伞借给同学，自己淋雨回家，感冒了被母亲骂；当看到有人落水时，他也跳下去救人，可因为他水性不好，差一点被淹死。过去我们学校有一位同学参加市里举行的英语比赛得了第一名，学校召开表彰大会，很多人都很羡慕，一个同学也想向他学习，可是由于他小时候患过脑膜炎，记忆力不行，记不住单词，尽管他头悬梁、锥刺股，英语成绩只是中等……

榜样的力量是巨大的，但不是无穷的，也不是持久的，而是有限的！因为每个人的家庭、兴趣、能力、机遇等都不相同，人家能成为怎样的人，你不一定可以。况且，这个社会需要政治家，也需要农民；需要商界巨擘，也需要拧螺丝的工人。

世界首富比尔·盖茨是很多学生学习的榜样。甚至有很多人上大学时也迫不及待地退学创业。可是美国商学院教授说过：盖茨的案例特殊，不具备模仿和可操作性。盖茨只是互联网科技初始阶段造就出来的一个高科技英雄，极具"投机性"和"偶然性"，盖茨成为"案例王"是个"误会"。同时人们跟踪调查了从商学院毕业或中途退学的部分创业者，他们给出的回答与上述说法惊人地相似：盖茨仅是一个无法复制的偶然，学习和模仿他，成功概率几乎为零。

有一个成语叫"东施效颦"，东施盲目模仿西施，结果适得其反！这个故事讥讽东施"只知其然，不知其所以然"，人要有自知之明，模仿别人是要有条件的，学习别人要根据个人特点，扬长避短，寻找适合自己的榜样才是最好的。不顾实际情况，盲目选取榜样，无异于邯郸学步，结果会画虎不成反类犬。

父母为孩子寻找的榜样，也许正在成为许多普通孩子心中的不可承受之重，当父母也觉得"别人家的孩子"比自己家的好许多时，孩子的自信和自尊可能会受到永久性的伤害。那份难过甚至绝望的心情，会使他们看轻自己，怀疑自己，甚至放弃自己。每个学生的生活经验、认知能力、学习方式、发展速度等方面都不相同，要让学生自己跟自己比，让学生从自己的所作所为和所思所想中"看到自己"和"成为自己"。

我们可以借鉴榜样的成功经验，但决不可机械地复制他人的成功模式，因为榜样的力量不是无穷的。如果让自己成为最好的自己，那么每个人都是成功者。

你当是一根有思想的芦苇

确保成功的"公式"

海 银

有个故事是这样的，某一天，有个人找到银行家摩根，拿出一个信封说："先生，我的信封里装着一个确保成功的公式，如果你愿意支付25000美元，我就把它卖给你。"摩根思考了片刻，回答说："朋友，我不知道信封里装的是什么。如果你信得过我的话，可以先让我看看。我以绅士的身份向你保证，假如我喜欢，就按你说的付钱给你。"

来人同意了条件，把信封交给摩根。摩根打开信封，取出一张纸，仅仅是扫了一眼，便把那张纸还给了来人，并真的给其开了一张25000美元的支票。

大家一定很想知道这是一个什么样的神奇"公式"，遗憾的是，如果揭开了谜底，大家一定会感到失望。原来，那张纸上只写着一句话："每天早晨，将你当天要做的事情列个清单，然后完成它们。"但细细想来，谁又能否定这个"公式"呢？

海尔总裁张瑞敏有段名言：什么是不简单？能够把简单的事千百遍地做好，就是不简单；什么是不容易？把大家公认的非常容易的事情一丝不苟、永不懈怠地做下去，就是不容易。对于大多数人而言，影响成功的根本原因，不是不知道该怎么做，也不是没有能力做，而是明知道该怎么做，也有能力做，却不能许多年如一日，坚持不懈、一丝不苟地做下去。

取得好成绩的方法，比如，课前预习，课后复习，认真完成作业；注重总结和探索学习方法；勤学好问，严谨细致，学思结合。这些方法，大多数同学都明白，也都有能力做到，但由于惰性，或是由于经受不住种种诱惑，很少有同学能将这些方法不折不扣地运用到自己的学习上。

因此，我们也可以将上述"确保成功的公式"修改为：自己知道怎么做，且有能力做的事全部做到；自己明知不应该做，且可以不做的事一件也不做。

你当是一根有思想的芦苇

请多一些爱好吧

武俊浩

我不爱画画，每周末去上美术培训班都很不开心。路上遇到一位开网约车的司机叔叔，一攀谈，得知他居然是中央美术学院毕业的，现在从事与金融相关的职业，闲暇时开开网约车。我就问他："你原来学画画，那几年的学习经历，对你现在做其他工作有什么帮助吗？"

他说："还真的不一样。学画画那段经历，让我看什么都不只是看这个东西本身，而是看它和周边环境的关系。比如画一个瓶子，受过美术训练的人会观察：太阳在哪儿，太阳光照到瓶子上是什么效果，等等。有了这段经历，我再听人说话，不仅能理解话本身的意思，还会想当时周围的环境是什么样，还有其他什么人，这些人在场对他说这话有什么影响，等等。"

我们这些叛逆期的孩子，有时听不进去父母的话，别人的话却愿意听。我觉得司机叔叔说的话有道理，从此对学习美术不再有抵触情绪，上美术班自然就认真了，画画水平也提高了。爸爸妈妈很高兴，奖励我出国游。

那年暑假，我和爸爸妈妈跟团到了南太平洋一个美丽的海岛上。第一天风和日丽，第二天竟然遇上台风，大家叫苦连天的时候，一位在报社担任摄影记者的叔叔却说："哇，台风，太好了！"我不解地问："为什么太好了？难道你打算睡大觉？我实在不懂。"

叔叔说："你难道不知道摄影师热爱暴风雨吗？这时天空变化很快，是个很好的摄影主题。云很美，也很诡谲；树和海洋的姿态，与平常都不一样。"这位叔叔还对我说："你现在还是学生，多学一样本领就是有这样的好处，在天有不测风云的情况下，可以活得更多姿多彩。懂音乐，你的耳朵就是一个接收力一流的雷达，在别人对声音无动于衷时，你可以乐在其中；懂历史，当你看到断壁残垣时，就会有思古之幽情，而不会觉得怎么这么旧、这么破；懂艺术，你眼前的每一处景致便都是美的化身……对美好的事物多花一些心力去了解，就会多一份欣赏的愉悦。"

中国有句民谚叫"技多不压身"，意即多掌握一种技艺，社会生存能力强。有人还说，有爱好能培养自我约束的能力。为了提高自身的生存能力、约束能力，为了适应日新月异的现代社会，请多一些爱好吧！

献出一片青春的赤诚

寇艳璐

一百年前，一群青年高举马克思主义思想火炬，为人民苦苦探寻民族复兴的前路。一百年来，在中国共产党的旗帜下，一代代中国青年把青春奋斗融入党和人民事业，成为实现中华民族伟大复兴的先锋力量。新时代的中国青年要以实现中华民族伟大复兴为己任，增强做中国人的志气、骨气、底气，不负时代，不负韶华，不负党和人民的殷切期望！

读中国共产党的党史和军史，不难发现，中国共产党及其领导的军队，从一开始就是年轻人用热血缔造与维护的。1921年，堪称"开天辟地"的中共一大，是一场年轻人的会议，十三人平均年龄28岁，最年轻的只有19岁。遥想当年，他们何等热血沸腾，要以年轻人的心气去改天换地。1927年南昌起义时，周恩来29岁，贺龙31岁，叶挺31岁，刘伯承35岁……这是年轻人正义的枪声。举世闻名的长征也是年轻人的事业。据统计，红军长征时期，指挥员平均年龄不足25岁，士兵平均年龄不足20岁。曾任中国人民解放军国防大学战略研究所所长的金一南教授在《苦难辉煌》中谈起长征，这么写道："那是一个年纪轻轻就干大事、年纪轻轻就丢性命的时代。无一人老态龙钟，无一人德高望重，无一人切磋长寿、研究保养。需要热血的时代，便只能是年轻人的时代。"

我常想，在当时血雨腥风的中国，特别是革命处于低潮时，加入中国共产党往往意味着牺牲，但中国共产党为什么还对年轻人有如此巨大的吸引力？

王尔琢，出身富裕家庭，在黄埔军校时加入中国共产党，北伐途中，战功累累，蒋介石很想拉拢他，以军长之职诱惑他加入国民党，被王尔琢严词拒绝。南昌起义失败后，部队面临瓦解溃散，王尔琢坚决支持朱德、陈毅的决定，将起义的火种保留了下来，他蓄须明志，革命不成功，就不剃头不刮胡子！井冈山会师后，王尔琢协助毛泽东、朱德指挥五斗江、草市坳和龙源口等战斗，为保卫和发展井冈山革命根据地作出了重大贡献。1928年，王尔琢不幸死于叛徒枪下，年仅25岁。今天，王尔琢家乡的一面石墙上，还镌刻着一首纪念他的诗："一夜风云变，上海大屠杀。尔琢拔刀起，血誓效讨伐。革命不成功，此生不理发。"这短短的诗行，是烈士王尔琢投身革命、终身向党的真实写照。

他们从小家境优越，在大城市接受过良好教育，也接受了共产主义思想，从此不离不弃，甚至与过去决裂。他们意志坚定不移，无惧生命危险，更不用说甘愿忍受艰苦的生活——这是在新中国成立前，很多加入中国共产党的年轻人的共性。他们之所以为了党的事业献出了青春，牺牲了生命，就是因为他们深深知道，中国共产党始终是为人民谋幸福，为民族谋复兴的伟大的党！

作为新时代的青年，在和平幸福的今天，虽然我们在很多情况下都不需要流血牺牲，但我们肩上的担子同样不轻。先辈们用热血和宝贵的生命换来了我们今天的幸福生活，可为人民谋幸福永远在路上，中华民族伟大复兴还没有实现，先烈们把这些交给了我们，我们就要努力去完成他们的遗愿，而不是偏离人生价值观的方向、去过无所事事的生活。

北部战区司令员李桥铭将军曾在《青年要有崇军尚武的精神底蕴》中告诫我们："一个国家是不是强国，不仅是物质的也是精神的。一个国家的国民没有一种强悍的精神气质，即便是经济第一，富甲天下，这个民族也不是真正的内心强大……当一部分青年人'啃'着老人、穿着名牌，追逐着崇拜着外国的明星，嘲弄着自己的国家，嘲弄着自己的英雄。作为一种基本价值、道德准则和精神支柱，爱国主义、崇尚英雄和荣誉受到批判和嘲弄，必须引起高度警觉。中国要发展、要强大，要实现强国梦强军梦，青年人必须对爱国主义这面旗帜形成高度共识，让爱国主义成为全体国人坚决捍卫的核心价值……当娱乐至死、娱乐至上成为年轻人的主流时，当一个国家的大多数青年人没有崇军尚武的精神底蕴时，任人宰割的历史必然会重演！"

现在的大学生都是世纪之交前后出生的，肩负的也是世纪使命，我们正处于青春年华，要青春向党，终身向党。要青春向党，就要立德为先，要有"修身齐家治国平天下"的鸿鹄之志，像钱学森、袁隆平、顾诵芬、王大中等众多科学家一样，不谋私利、终身报国。要青春向党，就要在学校学好专业知识，努力提高自己的文化水平，积攒科技力量向第二个百年目标奋力前进！要青春向党，还要有强健的体魄，用充满朝气的工作状态为党工作更长时间，用蓬勃向上的精神面貌为党贡献更多力量！

虽然庆祝中国共产党成立100周年大会已过去，但习近平总书记说的"中国共产党立志于中华民族千秋伟业，百年恰是风华正茂"永远不会忘记；共青团员和少先队员代表集体献词的"奋斗正青春！青春献给党！请党放心，强国有我"的铿锵誓言将永远在耳边回荡……

第四章 关于理想

成功不仅仅是一个词

［美］法鲁克·莱德旺　原著
沈畔阳　编译

　　乔打算为期末考试做准备，还剩七天。第一天他感觉不想学习，就决定拖到第二天。第二天因为有意外事情发生，心烦意乱也没心思学习。到了第三天，他与朋友发生争执还是不想学习，第四天不想学的原因是反正考试迫在眉睫，那就由它去吧！第五天他感觉异常纠结，但还是得看看书，可是时间所剩无几了。第六天草草翻书感觉一切都已经来不及。第七天干脆自暴自弃什么也不看。最终考试成绩一塌糊涂。他不是没时间学，只是心情很糟糕什么也看不进，你不觉得如果他从第一天开始就静下心来学习，情况就会好些吗？你经历过同样的情况吗？多少次？

　　有的人总是等待心情好才肯开始做事，然而这种思维存在的问题是，心情很多时候是无法控制的，可能几天甚至几周都没好心情，那就把该做的事情一直拖下去吗？从上面的例子可以看出，等待心情好只能是浪费时间，最终等来的往往是更坏的心情。你如果对成功的态度是严肃的，那就应该学会坚持，在个人成长的世界里，坚持就是要始终如一和自我克制，即使感觉疲劳、心烦、厌倦，也要继续做下去，你很快就会发现，坏心情不再影响和放慢你的进步。

　　思维方式与潜意识相辅相成。一旦感觉心情不好就找点事做的话，潜意识有可能帮助你恢复状态。反过来，若是感觉不好就放弃，潜意识就会把感情变得更加压抑，就越不想着手开始。所以即使感觉不好也坚持下去，你给潜意识发出的是这样一种信号：不论发生什么情况都会坚持下去，还要更加努力。结果它也变得更加合作。反之亦如此，你如果认为自己没心情、就是不想做的话，潜意识也会做出同样的负面反应。不做，潜意识会让你看到不做的理由；做，潜意识又会相反地向你证明各种必要性。

　　成功需要大量的努力和艰苦工作，可大多数时候你会发现，尽管付出了自己的最大努力，却仍然是人在旅途、看不到希望甚至备感失望。因为成功是特殊之事，所以只有特殊之人才能得到它。但也不必担心，获得成功要具备的性格和行为方式你也可以学到手。

　　成功之路充满拒绝、失望、痛苦、遗憾、失败，所以只有强者才能到达终点。为此面对失败你必须微笑，把它视为生活中的平常事，决不可惊慌、大惊小怪，而应一笑置之，继续前行。拒绝应该是你的老朋友，你可能被朋友、老板甚至整个世界拒绝，即使你是对的别人是错的，人们也可能会反对你，拒绝是没有什么规律可循的。失望应该是你的又一位朋友，如果你有雄心壮志的话，与其他人相比失望更愿意光顾这样的人。成功青睐的是能够战胜失望、重整旗鼓、改变策略然后继续前进的人。

　　此外，成功人士还要有责任感，永远不会说自己失败是因为运气不好、天时地利不对或归结为任何其他因素，而是坚信自己可以掌控自己的命运。简而言之，成功需要的是能够把任何挫折视为家常便饭的人，从不会借口"我努力了但没成功"而放弃继续努力。

第五章

关于成长

合群不是同入俗流

曾昭安

《道德经》中讲："宠辱若惊，贵大患若身。"世上总有些人把别人对自己的看法，看得比任何事情都重要。于是这些人对他人便百般迎合，从而迷失自我，对自己的一生造成不可挽回的伤害。

有一位富商，家中有两个儿子，都到了上学堂的年龄，富商便将兄弟二人送到镇上最好的学堂去学习。

刚入学堂，二人学习十分刻苦，将全部精力都放在学习上。而其他同门师兄弟整日只知道逃课玩耍，从不将学习放在心上。

一天，兄弟二人正在学堂读书，同门师兄弟经过，见状便说道："你们二人就知道读书，真是格格不入，一点都不合群，怪不得没人愿意与你们交往。"

次日，哥哥依然心无旁骛地认真读书，而弟弟却与其他师兄弟混在一起谈天说地。从此，师兄弟逃课出去玩，他也跟着去玩；师兄弟偷懒睡觉，他也跟着呼呼大睡。不管师兄弟做什么，他都参与其中。哪怕觉得逃课去玩很无聊，但为了不让大家觉得自己不合群，弟弟还是强迫自己与大家打成一片。可是，长期的玩物丧志，让本来天资聪颖的弟弟荒废了学业，成绩一落千丈。后来，弟弟更是失去了斗志，辍学在家，整日无所事事，碌碌无为。

余华的《在细雨中呼喊》一书中，有一个农村孩子，叫孙光林。刚上中学时，为了与城里同学合群，他不断迎合他们的做法，想要以此取悦他们。哪怕心中不认可城里同学的做法，他也强忍着心中的不适，跟大家一起调戏女同学，戏弄女老师。

直到有一次，他一心巴结的城里同学，为了在女同学面前炫耀自己，竟像驱赶牲口一样，用柳枝抽打他的身体和脸，他才瞬间明白，牺牲尊严换来的合群就是一个笑话。于是，他在同学的嘲笑和侮辱中转身离去，再次回到了孤独之中。

这就是"不择群而合"的可悲之处。人类是群居生物，为了满足生存需要必须互相依赖，"合群"也就成为主流的生活方式之一。但也应看到，合群不是同入俗流，与坏人沆瀣一气。合群是与雅士同声相应，同气相求，合的是人间正道，合的是见贤思齐。

有时候，你以为是在"合群"，其实只是在被平庸同化，不如将心思放在提升自己上。维持人际关系的最好方式是让自己的实力越来越强，而非强迫自己与他人一致。富商的大儿子便是如此，周围的师兄弟都去玩耍，他便一个人苦读诗书，常常学习到深夜。师兄弟睡懒觉逃课，他依旧早起晨读，跟着先生努力学习。数年后，他考取了功名，步入仕途，光宗耀祖。

孔子说："君子矜而不争，群而不党。"君子庄重谨慎，而不与别人争执；虽然合群，却不结党营私。孔夫子这句话形象地说明了君子的"合群观"：既不脱离群众，孤芳自赏；又不结党营私，蝇营狗苟。

达摩祖师面壁九年，理学家朱熹三年不窥园，他们都不"合群"，都是远离尘嚣，独处求法，静中觉悟，最终到达理想的彼岸。他们在与人相处后，清醒地认识到自己的优秀源于孤独。也就是说，低质量的社交合群，不如享受高质量的独处。

　　为了让自己"合群"，而一味地迎合与讨好别人，浪费了时间，花费了精力，毁了自己的前程，可谓得不偿失。人生苦短，不必强迫自己合"不适之群"，更不要让自己成为只知追随俗流的弱者。

对的时间做对的事

苗向东

成功说容易就容易，说难也难，归根结底就一句话，对的时间做对的事。可是我们太多的人常常"乱来"，结果事倍功半，甚至颗粒无收。

比如，学生时代就要好好读书打基础。郎朗1997年前往美国柯蒂斯音乐学院学习，刚到就开始寻找各种比赛的信息和机会，导师加里·格拉夫曼批评他：来这里就好好学习音乐理论、西方文学史，弹奏更新、更难的作品。

郎朗不解，说：参加比赛拿名次才能脱颖而出啊。导师说：如果你要参加比赛，就会整天在有限的曲目上打转，反而限制了你未来的发展。你来这里学习，机会难得，就这么几年，要静下心来学习，打好、打牢基础，提高专业水平，这将决定你未来能走多远和能攀多高。希望你多学习一些文学、历史方面的知识，比如，阅读莎士比亚的著作、俄罗斯的文学著作，可以帮助你理解音乐家的作品，了解吸收各地的文化，这有助于开阔眼界，丰富阅历。就这样，郎朗收心学习，才有了今天的成就。

张艺谋的女儿张末，2016年导演了处女作《28岁未成年》，在长春电影节上拿下最佳处女作奖。张艺谋在访谈中却这样说：我是相反的，在我身上发生的，我不想在她身上发生。所以我的最主要的忠告是什么，生活第一、拍电影第二，所以我劝她不要着急，如果你结婚生子，能先做先做，我不主张像我一样……不要损失掉生活这一部分。

  有成功人士在总结自己的成功经验时说：不是因为我有什么了不起的长处，甚至也不是因为我很勤奋，只是我在一个正确的时间和正确的地点做了正确的事情而已。雷军也表示：站在风口上，猪都会飞。诸葛亮说：因天之时，就地之势，依人之利，则所向无敌。当我们在对的时间做对的事情，就相当于在有限的时间里完成数倍于别人的事情，这样不仅会过得快乐幸福，也不留遗憾。

使人高贵的是人格

龙祖胜

什么最重要？什么最不能失去？——人格！可是现在有一些人越来越不把自己的人格当回事了。

为地位丧失人格。汪精卫早年投身革命，是个有志青年，后来身居国民党高位。但是，他仍然渴望更大权力，当日本侵略中国时，他丧失人格，屈膝投降，出卖同胞，出卖国家，成立了伪政府，从此走上了一条万劫不复之路，遗臭万年。

为金钱丧失人格。不少人信奉金钱高于一切，抱着"人为财死，鸟为食亡"的观念，受到拜金主义、享乐主义、极端个人主义的影响，物欲膨胀，为了捞钱丧失自制力，见利忘义，利令智昏，出卖人格，兄弟相残，出卖朋友，违法乱纪，不择手段地追求金钱，成为金钱的奴隶。

为仕途丧失人格。三国里的吕布功夫十分了得，可是他是个唯利是图的小人，先是杀掉了与自己一起起事、情同手足的兄弟朋友，后来又杀了对自己有知遇之恩的义父——董卓。吕布背信弃义，使他为人所鄙弃，最终众叛亲离。

还有《人民的名义》中的祁同伟，为了权力娶大自己十岁的官二代梁璐、给赵立春父亲哭坟，同时下毒手谋杀陈岩石的儿子陈海，陷害同学侯亮平……他为了向上爬毫无节操，出卖尊严。生活中有很多这样的人，他们见风使舵、巴结权贵、阿谀奉承、苦心钻营、陷害朋友，只重利益，没有底线，没有原则。

人格是做人的原则。每当人们遇上重要的事时，常常会说："请相信我，我拿人格担保！"这里的"人格"就是至高无上的"无字合同书"。

人格是社会友好交往的基础，是最大的无形价值。当你的人品好，大家就信任你；如果你丧失了人格，就没有人相信你，没有人愿意再帮助你。丧失人格的人，是不可能有尊严的。歌德说："如果你失去了金钱，只失去了一部分；如果你失去了人格，那就丧失了全部。"

人格如金！做人一辈子，人品做底子，人格是一个人安身立命之本、成功之基。

有位哲学家说："使人高贵的是人的品格。"人最大的破产是人格的破产，丧失独立的人格，就等于丧失了生命的尊严和生存的价值。人格是真正的无价之宝，人格的健全胜过一切。

别被自己的优势打败

邱 健

河边，一群角马正低头贪婪地饮水，伏在水中的巨鳄突然一跃而起，场面顿时混乱。鳄鱼用锋利的牙齿紧紧咬住角马的脖子，拖向深水中，一路翻滚、甩打、撕扯，很快，角马成了鳄鱼们的美食……这是某部纪录片中一个充满血腥的镜头，鳄鱼的一番扭动翻转就是让人谈鳄色变的"死亡翻滚"。

"死亡翻滚"是鳄鱼对付体形庞大的猎物的"必杀技"。被鳄鱼咬住拖下水的动物肯定会拼命挣扎，这时，鳄鱼会在水里不停地翻滚，翻上几圈或几十圈，就是再凶猛的动物也被折腾得没气了。因此鳄鱼获得了"天生猎手"的称号。

如此残暴的动物，却有一个办法可以轻易地将其捉住。

有人在一个鳄鱼经常出没的地方进行考察，发现了一条死鳄鱼。让他很奇怪的是这条鳄鱼身上居然紧紧地缠着树藤，很显然它是被树藤活活勒死的。这是怎么回事？这位经验丰富的专家根据现场情况经过一番推断，便有了答案。原来鳄鱼在捕捉一只水鸟时，一口咬到了树藤，但鳄鱼以为自己咬到了小鸟，在撕扯不动时，它便使出了看家本领，在水里不停地翻滚，想把树藤撕裂拉断，没有想到树藤韧性极强，于是长长的树藤随着鳄鱼的翻滚将它越缠越紧，鳄鱼终于动弹不得，就此丢了性命。

这次偶然的发现让这个人想出了一个安全捕捉鳄鱼的妙法：利用一根穿着鱼钩的丝线来捕捉鳄鱼。

因为鳄鱼一旦被鱼钩挂上，总会急于使出自己最厉害的"死亡翻滚术"，它的身子很快便被丝线缠住，而且越滚被缠得越紧，最后无法动弹，只能乖乖就擒。

像鳄鱼这样天生的猎手，居然不是败在自己的弱点上，而是败在自己的看家本领上，这是一个值得我们深思的教训。是的，有了优势只能代表我们在某一方面或某一阶段是强者，并不代表一世无忧。如果我们对自己的优势把握不好，那么优势也会成为束缚自己前进的阻力，最后还很可能使自己败在自己的优势上。

在很多事情上，我们失败的原因有两种：一种是经验不足，另一种是拥有优势而不知变通。因此，对过去的经验只能借鉴，否则就会成为我们成功路上的绊脚石，甚至还很可能成为勒死自己的绳索。

鳄鱼被捉的故事也验证了一句话："打败自己的往往是自己引以为傲的长处。"

你当是一根有思想的芦苇

我们需要"刚"

王海银

冯唐《致女儿书》中有这么一句话:"内心强大到混蛋,比什么都重要。"起初,笔者百思不得其解:混蛋乃厚颜无耻、蛮横无理认的意思,作为父亲,怎么能教唆女儿做这种人呢?后来,看了多起大中小学生因受不了某种挫折而跳楼自杀的案例,才渐渐明白了其良苦用心。

做父母的,当然希望孩子既有强烈的自尊心、上进心,又有强大的耐受力,无论沦落到多么不堪的境地,都不会轻生,或者精神崩溃,患上抑郁症之类的心理疾病。然而,这二者之间是有一定矛盾的。当二者不可兼得时,做父母的,当然会首选后者,即所谓"宁要厚脸皮,不要玻璃心"。

这可能多少有点自私,但也是人之常情。试想,假如有两个孩子,一个上进心、自尊心强但心理脆弱,另一个平庸但内心强大,两个人都脱离父母的监护,独自在外面闯荡,哪一个更令父母放心不下?显然是前者。"内心强大到混蛋,比什么都重要"的说法,不过是冯唐一贯的语言风格,其真实意思是,对于孩子来说,承受挫折和屈辱的能力比其他任何能力都重要,是"第一能力"。

因为,在这个世界上,一个人无论多么努力、优秀,都难免要经受各种挫折、失败和屈辱。你在普通中学是学霸,换了人才济济的重点中学，就可能变为中等生；你报考普通大学有把握，报考重点大学则可能名落孙山；毕业后，你应聘普通白领可能不难，但竞争高管就可能一败涂地……没有强大的抗打击能力，怎么可以？

从现实来看，在大中小学生中，因经受不住挫折而轻生者只是极少数，但遭受挫折后一蹶不振、出现心理问题者，却大有人在。更有极个别人，将自己的不幸归咎于社会和他人，产生反社会情结，走上危害社会的犯罪道路！

一个真正优秀的学生，不但要有上进心和自尊心，德智体美劳全面发展，而且还要有一个坚韧强大、百折不挠的灵魂。

然而，许多家长尚未意识到这一点。笔者认识一位母亲，她有个女儿读初一，学习很棒，数学尤其突出，每次考试都是100分。可是有一次，因为失误，数学得了99分。女孩回到家里，将自己关在屋里没完没了地哭，连饭都不吃。

应该说，这件事一方面体现了女孩强烈的上进心，另一方面也暴露了其易碎的玻璃心。做母亲的，应该是喜忧参半才对。可这位母亲，却只看到女儿强烈的上进心，很是自豪，拿这件事到处炫耀。

江苏常州某小学五年级学生缪某馨，因作文受到老师不公正的批判而跳楼自杀。事后，其母亲在接受记者采访时，说女儿如何优秀，一些媒体也加以附和。严格说来，因为遭受这么一点打击而轻生，表明其内心是相当脆弱的，这样的学生，只能说其某个方面优秀，而不能称其为优秀学生。

从缪可馨事件中，还可以看出许多同学的一个不足，即不懂得通过正常渠道维护自己的合法权益。面对老师的错误做法，缪可馨完全可以收集和保留证据，在父母的帮助下，向校领导或者教育主管部门投诉。

看来，当下优秀学生的评选标准还是有点不全面，应该在德智体美劳之外，再加上一个字——刚！

你当是一根有思想的芦苇

最重要的品质

苗向东

什么是最重要的品质？巴菲特有次在大学演讲，有位大学生问他一个人最重要的品质是什么？他说是让人放心！也许你会说："这标准也太低了吧！"这看起来容易，说起来容易，但要做到让人放心可不容易。

首先，得人品正。让人放心是做人最核心的品质，是处世最核心的能力。郭德纲一次接受金星采访，被问到招收弟子最看重什么？郭德纲说："当年跟现在不太一样了……当年是这个材料，能把相声说好，我就愿意要……但是现在经历这么多事之后，我更看重的是人品问题，因为能力不强我还有办法，人品不强我一点辙没有。"

这并不是个例，比如三国时吕布武功盖世，即便是关羽、张飞、刘备三人联手也不是他的对手。为此有人说："得吕布者得天下。"当吕布被俘后，向曹操示好，表示自己愿意帮助他成就霸业。曹操有谋天下的理想，他要招天下人才谋天下，可是曹操知道吕布的人品极差，他为了钱财和美色可以背叛主子，把他留在身边不知什么时候就会反叛，于是一向爱才惜才的曹操把吕布杀了，以免后患无穷。

其次，责任重于泰山。放心有两种，一种是态度上的放心，另一种是能力上的放心，两者相辅相成、缺一不可。让人放心的人有强烈的责任感，懂得责任与担当，一诺千金、一言九鼎，做不到的不说，说了就要做到，会永远守着自己应尽的责任，哪怕献出自己的生命也在所不惜。

再次，能力配得上承诺。我们不少人经常会拍着胸脯说："你放心！"可是关键时刻又往往掉链子，这样的人经常坏大事。

让人放心的人能够把事情办得妥妥帖帖、万无一失，不仅在每个过程中能做到"凡事有交代，件件有着落，事事有回音"，让领导心中有数，不用担心，又能在关键时刻顶上去，超水平发挥。这样的人自然让人放心，更容易被重用，拥有更多的机会。

最后，社交零风险，事后零担忧。再活络的社交手段都不如让人放心来得好，能让人放心的人，更容易获得他人的真心和信任。他们能够不说越线的话、不做出格的事，不会因为一时的诱惑迷失方向，不背后使坏，不搬弄是非。不用担心告诉他们的秘密会被泄露，他们能够做到守口如瓶，不该说的"打死也不说"。只有做到让人放心，朋友才会把真心交付给你，生意伙伴才会把你看作合作的不二人选。找对象也一样，最重要的是，这个人一定要是一个让人放心的人，如果对方让人感觉不踏实、不靠谱，会让人担心、恐惧的话，那么此人绝非良人。让人放心是最动人的情话，让人放心的人才能让人托付终身。

有人说最聪明的做人之道，是让人对你放心。让人放心是有责任担当和能力超强的体现，只有坚持做到"让人放心"，人生之路才能越走越宽、越走越顺畅。

一个人最大的能力就是能让人放心，让人放心是一个人最亮眼的名片、最重要的品质，让人放心是最出色的履历，让人放心是最低成本的社交方式。

你当是一根有思想的芦苇

喜欢自己

苗向东

我们很多人不喜欢自己，甚至讨厌自己。在一个培训班上，老师让大家讲自己的缺点，大家滔滔不绝。可让大家讲自己三个优点，很多人搜肠刮肚也找不到一个。一个看不起自己的人，谁还会重视你？自己都觉得自己是废物，谁又会珍惜你？否定自己，嫌弃自己，你的人生怎么亮起来？

那么，如何做到喜欢自己呢？

首先要认识自己。法国思想家、作家蒙田说："一个人最坏的状态是失去了对自己的认识。"很多人后悔在年轻的时候选错了职业，根源就在于他们没有认清自己。只有先认识了自己，才能接纳自己的不完美，拔掉自卑的根。

其次要接纳自己。心理学家荣格说："对于普通人来说，一生最重要的功课就是学会接受自己。"欣顾就很能接纳自己，她说："我虽然身材长相一般，但是独一无二；我不漂亮，但是我有人格魅力；虽然买东西总是被坑，但是吃亏就是占便宜；虽然不太幽默，但是总能去感受到幽默。就做好自己，我就是我……就算全世界都抛弃了我，我也没有理由抛弃我自己。就算世界上没有一个人喜欢我，我也没有理由不喜欢自己。"

接受自己是无条件、无理由的，接纳好的，也接纳坏的。一个人只有彻底地接纳自己，认同自己，才能够将自己的世界活成最耀眼的风景。

最后要认可自己。《庄子》中有一则故事，子舆生了重病，身体有了很多缺陷。朋友问他："你讨厌自己的样子吗？"他回答说："不！我为什么要讨厌呢？假如上天把我的左臂变成一只公鸡，我就用它来报晓；假如上天把我的右臂变成弹丸，我便用它去打鸮鸟烤了吃；假如上天使我的臀部变成车轮，精神变成马，我便乘着它遨游世界。"有位哲人说："如果你不能成为大道，那就当一条小路；如果你不能成为太阳，那就当一颗星星。"

我们要发自内心地喜欢自己。先爱自己，幸福的秘诀就是爱上真实的自己、有缺陷的自己、不是很有出息的自己。喜欢自己是一种能力，不要以他人的标准来要求自己，我们是世界上独一无二的，发现自己的长处和短处，然后发掘自己的潜力，扬长避短。我们虽然不够完美，存在这样或那样的不足，但我们应该多看到自己好的方面，给自己信心。建立自己的支持系统，每天早上对着镜子说："你最棒！"

每天用一个笔记本，记录自己被认可的事情，做了好事，不忘赞美自己、夸奖自己。选择让自己开心的生活方式，做自己喜欢的事情。学会改变，对自己哪方面不满意，尝试着去改变，提升自己——做最好的自己，成为自己喜欢的样子。

当你变得更好的时候，整个世界，都会为你而来。给自己的感情账户不断"存款"，存入"温暖""关怀""宽容"。活给自己看，取悦自己，让自己快乐，用自己喜欢的方式度过自己的一生！英国诗人、剧作家马洛说："成功只有一种，就是按自己的想法过一生。"

人生真正的快乐是自己喜欢自己。一个人喜欢自己，就会喜欢这个世界，就会喜欢现在的生活，这样，生活才能越来越美好。你喜欢自己，世界才会喜欢你。

你当是一根有思想的芦苇

适当透支一下"社会经验"

于晓平

有个朋友的孩子，正在读高中，学习成绩一般般，心理压力非常大，于是就和几个同学商议，不如退学，尽早步入社会。因为他们觉得社会要比学校更精彩。

此事遭到家长的否定。有个孩子的家长非常有头脑，他对儿子说："你想退学我不反对，但是不能每天待在家里吃闲饭，你得挣钱养活自己。"见儿子点头，他又说："先上完这个学期，暑假先体验一下打工的滋味。"儿子同意了。暑假到了，他在一家餐厅打杂，主要干一些洗碗洗菜、打扫卫生、搬饮料、端盘子的活。在店里干活的勤杂工大多缺少文化，言行粗鲁，有时经常为一句话动手打架。被顾客投诉还要扣奖金，这日子真是难熬，儿子觉得这可比在学校读书苦多了。

一个暑假终于熬过去，老爸抖了抖儿子一千多元的打工钱，问："体验得如何？还想继续再干下去吗？你现在可以给我一个答案，是继续在餐馆打杂挣钱，还是回学校读书？"儿子咬牙低头回答："我还是去学校读书吧。"不知是有所醒悟还是别的什么原因，这孩子从此苦读，并且用打工的"苦行"激励自己，终于考上省里名牌大学。据说大学毕业后，他应聘成为白领，虽然也是打工人，但他可以实现更大的抱负。

人生价值是呈阶梯状，越往上走越辉煌，中途一旦停下来，就只能仰着脖子看别人走向顶峰。提高自身价值，成就事业，就得读书。如果不走这条"先苦后甜"的路，日后即便想干粗活累活，怕也没有了——粗活累活都让机器人干了。明明有机会和条件沿台阶往上走，却任性放弃错过这样的机会，仓促走向社会，日后后悔莫及。退学去挣钱，非常艰难。人们只知道一个比尔·盖茨退学创业走向成功，可是有谁知道有多少人退学创业被拍死在沙滩上呢？

有很多东西通过口头是说不明白的，怎么办？解决的方式就是体验。别的话也不用多说，先体验后谈体会。很多人经过体验之后，对一种事物有了较新较深的感受，这样就有了从不理解到理解、从理解浅显到理解深刻的转变过程，就会自觉地在行为上，选择接受别人善意的意见。

每个人在人生的道路上要遇到很多十字路口，何去何从？只有经过切身体会，懂得了、知道了，才会知晓人生不易，所谓精彩是不能随便拥有的。

你当是一根有思想的芦苇

妒忌是剂毒药

杨 晓

有这样一则童话，一位国王的王后，在生下女儿后不久就去世了，她的女儿被预言会是世界上最漂亮的女人。后来，国王又遇到了一位美丽的女子，娶她做了新王后。国王拥有世界上最漂亮的女儿和一位非常美丽的王后，他们本该过着幸福的生活。可惜的是新王后饮下了名为妒忌的毒药，她每天都会对着一面魔镜问："魔镜魔镜，谁是世界上最漂亮的女人？"没错，这就是《白雪公主》的故事。按理说，女儿的美貌永远不会威胁到继母的利益，但是新王后就因为妒忌，三番五次地加害于白雪公主，让白雪公主遭受了很多磨难，而新王后最后的下场，也是最凄惨的。

妒忌是一剂毒药，它最毒的地方在于：一个人是先把毒药喝到自己肚子里，让自己饱受煎熬，在这种煎熬下他会做出伤害他人的举动，妒忌不仅害人还害己。对于妒忌心强的人来说，他们的痛苦并不在于自己不够好，而在于别人比自己好！

网上有人讲了发生在他自己身上的一件事。他上中学的时候，学习一直很努力，为人也很和善。但是在一次考试后无缘无故被人殴打了一顿，原因让人大吃一惊，因为他考了全班第一名。他和殴打他的那名同学并没有矛盾，但是那次考试那名同学没考好，回家后遭受了严厉的批评。那名同学越想越气，看到第一名的他被大家夸赞，妒火中烧，就在回家的路上拦住他，把他打了一顿。

这位网友讲完自己的遭遇后，感慨地说："因为这件事我消沉了很长一段时间，不仅因为身体上的疼痛，更因为心里的痛苦。我的父母、老师从小教育我，要努力，要善良，可是为什么努力、善良的我，会被人无缘无故地殴打。很长一段时间我都想不通，想不通世界上为什么会有这样的坏人！"

人有时候真的很荒唐，自己过得好，不会盼着别人也好。自己已经过得不好了，会盼着别人更不好。说到底，都是妒忌心作祟！

妒忌这剂毒药，不但会让人内心遭受煎熬，而且它会由内向外发散，让人从内心的扭曲，演变到手段的恶毒。

某学校学生会主席换届选举，品学兼优的小许被列为候选人，一时间成为学校的风云人物。然而此时，校园论坛出现了诬陷小许的谣言："现在全校都知道，许某为争夺学生会主席一职，不惜狠砸二十万元，在校门口奶茶店进行视频循环播放拉票，太强大了！"此类谣言给小许造成了很大的困扰。

后来警方介入，查出造谣者是同一年级的学生小蒋。小蒋和小许有仇吗？没有，他俩素不相识。小蒋只是因为看小许在学校太风光，觉得不爽，才造谣污蔑。最终，小蒋受到了应有的惩罚。

谁能想到，这种造谣污蔑的事情居然出自同学之手，原因只是因为妒忌别人太风光！可说是妒火攻心，到了狠毒的地步，看到别人过得好，就会在暗地里算计。然而，因妒忌导致的暗算，终究是见不得光的行径，这样做的结果，往往是害了自己。

再美好的童话故事，加入了妒忌这剂毒药，也会变得灰暗；再美好的人生，如果妒火攻心，也会走向毁灭。多一些宽容，多一些积极向上的心态，远离妒忌，才能过好一生！

你当是一根有思想的芦苇

大水漫不过鸭子背

卢仁江

即使发再大的水，鸭子始终漂浮在水面之上，即便有时候被大水冲走，游起来很是费力，它也不会被大水淹没，而是一直高昂着头在水上漂游。鸭子为什么不会沉入水底？靠的就是它的漂浮本领。我们是不是应该模仿鸭子的划水本领，做到即便大水来了也不会沉入水底呢？

上海复旦大学教授陈果，在讲台上着装优雅、神采飞扬、妙语连珠……很快，陈果以"复旦女神老师"的称号走红网络。在很长一段时间里，陈果在讲台和媒体上金句频出，被学生及网友追捧。在学校，学生要想听她一堂课都非常不易。可就是这样一位明星老师，因为某些话语被人质疑"价值观"有问题，一时无风掀起三尺浪，有人提出"要不要把明星老师陈果轰下台"的诘问。然而，陈果终究是一只不沉的鸭子，不管风吹浪打，仍然稳稳地浮在水面上。她靠的是什么能力使自己不沉？靠的是她百折不挠的意志，靠的是她的知识底蕴和思想水平、能力水平，靠的是她妙语连珠的口才技巧。在思政课的讲台上，她是一股难得的清流。可见，大水会淹没毫无技能的弱者，却漫不过有着充分准备和独特技能的"鸭子"。

昨天的事物成了历史，今天的事物到了明天也会成为历史，人生就是一个大浪淘沙的过程。许多事物许多人，在新旧迭代之中退出了历史舞台，几乎留不下丁点儿的痕迹。然而，那些有准备、有能力的人，无论大浪怎样翻滚，他们都能稳稳地立于潮头，欣然自得地漂浮在水面上。就像陈果这样的教育专家，大水就是漫不过鸭子背。

当年，苏格拉底天天游荡在雅典城邦的广场上拉着身边的人谈美德、谈勇气，其实是一种先进而新锐的思想锋芒，却被当时的统治集团扣上了"腐蚀青年思想"的罪名。但是，苏格拉底充满正义与辩证的思想，终究像大水漫不过鸭子背一样，在两千多年后的今天，被奉为西方哲学思想的圭臬。他说的那些"腐蚀青年"的"鬼话"已成为现代西方哲学寻根溯源的宝藏。

苏格拉底即便被当时的风浪吹打，但是，其深邃的哲学思想终究像大水漫不过鸭子背一样，愈久愈有魅力。古今中外的历史中，许多原本有着灿烂思想光辉的事物，在当时的年代里却因为历史的局限和认识及观念的偏差，被打入冷宫。经过大浪淘沙，被后人认识发掘，除去了蒙尘，见到了太阳。这正是大水漫不过鸭子背的如实写照。

一个人从小学到大学，一定会遭遇许多的挫折，但是，坚韧不拔的意志和目标明确的学习劲头，一定会使你越变越强。无论生活中发生怎样的"大水"，都漫不过你这"鸭子背"。大水漫不过鸭子背，是一种可贵的生活和学习态度，是一种值得同学们追随的精神宝藏，我们应该将它发扬光大。

你当是一根有思想的芦苇

内心强大是最好的保护伞

孙 荔

有一个女孩，遇到一个优秀的男孩子追求她，这是她第一次谈恋爱，她把自己最真挚的情感给了男孩。谈了几个月后，女孩发现这个男孩是有女朋友的，于是，她毅然决定离开对方。令她措手不及的是，男孩的女朋友四处散播谣言说她是坏女人，强占别人的男朋友。女孩百口莫辩，陷入极度的焦虑中。

面对流言蜚语时，人会有两种反应：一是吸收，二是无视。前者把他人的看法作为评价自己的标准；后者能正确地认识自我，自然不在意他人的评价。前者活得心累，后者活得聪明。所以做人，不要活在别人的期待与好恶里，无论人生走到哪一步，都不要忘记爱自己。爱自己，是一种能力也是一种勇气。

我们身边时常有这样的人，他们淡定、从容，即使被误解，也不会捶胸顿足，急于解释。他们一直心境平和，努力地做事。弱者易怒，一个内心不强大的人，自然内心不够平静，小小一点事情，也会如荡开的水一样被无限地放大；一个内心不强大的人，心中永远缺乏安全感。

电影《阿甘正传》里，阿甘是一个智力不高的人，还有运动障碍，连入读小学都困难，但他几乎做什么都能成功。起初，朋友珍妮鼓励他："阿甘，快跑。"于是，阿甘真的跑起来了，跑得如风一般，他跑掉了小朋友们的欺侮，还跑进了美国橄榄球界，成为橄榄球巨星，最后得到肯尼迪总统的接见。马云也曾经说过阿甘是他心目中的英雄，是阿甘精神激励着他。

从心理学角度来看，正是阿甘对挫折有高度的容忍力，才能克服重重困难，得到他想要的生活。生活中有的人敏感如猫，也是我们常说的玻璃心，不仅会影响与周围人的相处，而且影响着自身的发展，因为这样的人内心如波涛般起伏不定，情绪容易失控。

你的心胸要比他人宽广，不要试图取悦所有的人，你不可能面面俱到。内心强大的人，很少在意他人的看法，像积极的人很少关注消极的信息一样，他们懂得自动屏蔽和消化，他们很清楚自己的定位和追求。内心真正强大的人，一定有一颗平静的内心，有一个智慧的头脑。

有一句话说：哪有什么岁月静好，不过是有人替你负重前行。但是，没有人能永远站在你面前，替你遮风挡雨，人最重要的是独立地支撑起自己的生活，终有一天，你再也无法依靠别人，而是依靠自己的坚强。内心强大才是自己最好的保护伞。

一位老兵，每年他都和战友们相约在一个公园聚会。直到有一年，除他外再没有人来，他没有放声大哭，而是沉默地独自在长椅上坐了一整天。内心强大的人，不逃避别离、苍老，甚至死亡。他们不是冷酷无情，而是把悲伤都藏在了心里。

《小王子》里说："生活才不是生命荒唐的编号，生活的意义在于生活本身。"每个人在生活中都会遇到挫折，如何让自己的内心充满力量是十分重要的，练就强大的内心，是一个人最动人的魅力。其实，内心的强大可以通过修炼获得，自己每一天下意识地提醒自己，让内心不断变得自信起来。

内心强大的人，沉稳、不盲从；低调、不轻浮；笃定、不人云亦云。他们永远有自己的方向。

第六章

关于沟通

没有一句真话不可以被承载

游宇明

有一天晚上我去学校运动场散步，巧遇一对母子，母亲四十多岁的样子，穿着非常时尚。儿子二十出头，像是正在读书的大学生。儿子大约是跟母亲诉说了一些生活中碰到的困扰，这位母亲用训斥的口吻说："你怎么可以对别人说真话呢？"一听此言，我差点惊掉下巴。

这些年，关于"说真话"，媒体上的讨论并不少，大家谈得最多的是如何说真话、怎样创造善待真话的环境。人的本质是趋利的，我们说了真话，私心里绝对希望别人能理解、体谅，至少不要被谁穿小鞋，如果这个基本的愿望都不能实现，那说真话的人就会越来越少。封建统治者大搞文字狱，结果万马齐喑，就是一种证明。然而，也有一种人，当社会给真话创造了一定的宽容空间时，他们还是疑神疑鬼，视真话为仇敌，只热衷于说假话、场面话。

不想跟别人说真话，无非有这样几种顾虑：一是担心自己说了真话，别人不说，不划算；二是害怕说真话给自己惹是生非；三是顾忌别人从真话中了解个人隐私，伤害自己。

在我看来，这样的担心是多余的。

应当承认，世间确实存在少数不真诚甚至非常虚伪的人，跟他们交流，等于白搭自己一颗热诚的心。但这与我们说不说真话无关，这种人，你不说真话，他同样会这样干。我们必须看到，一般人与别人打交道，往往抱着"对等支付"的心态，那就是你对我讲假话，我也不那么真诚；你对我讲真话，我亦愿意向你付出一颗真心。曾国藩一生以诚为本，无论对方身份如何，都喜欢以诚相待，结果投奔者如云。

　　一个人说真话也未必会惹来什么是非。真话是事实的真相，是事物某种内在的规律，尊重真相、顺应内在的规律。即使真话指向别人的缺失，假若他从善如流，及时加以改正，也是美谈。退一万步说，就算我们遇上个别油盐不进的榆木疙瘩、斤斤计较的小心眼，你将心里话说出来，起码也代表了一种态度，可以使自己的良心安宁。胡适一生喜欢说真话、实话，不管是对上级，还是对他的学生，当时也有骂他的，有的骂人者还特别有名，可与他在民国时获得的声誉相比，完全不值一提。

　　至于说到别人可能从你说的真话里掌握你个人的隐私，然后进行有针对性的行骗，此类事，有没有？绝对有，但概率并不高，不值得过分在意。这道理，就像坐飞机可能出现空难，乘火车、汽车可能发生车祸，难道就因为个别概率极低的不幸事件，我们就不去乘坐这些交通工具吗？

　　文章写到这里，我很想谈谈讲真话与社会环境的关系问题。在某些人看来，我就是我，环境就是环境，两者互不相干，这其实是不对的。社会环境由个人组成，每个人都身在其中。你品质高尚、对他人怀有善意、讲究诚信，就可能给别人带来优良的环境，别人产生感动之后，也如此对你和其他人，这环境就会得到进一步的净化与提升；你操守很差，总以恶意揣测别人、经常忽悠人，则会给别人带来恶劣环境，别人吃了亏，如法炮制，你和其他人最后得到的环境也会变得非常糟糕。

　　世界那么大，有无边无际的广阔原野，有巍然挺立的座座高山，不可能承载不起一句真话的重量！

勿让恶语伤人

沈溪亭

根据英国《每日邮报》报道，继巴西总统博尔索纳罗附和网友贴文，认同法国第一夫人布丽吉特其貌不扬之后，巴西经济部长盖德斯在一场论坛中，亦公开讥笑法国总统马克龙的妻子布丽吉特"真的丑"，他的幕僚随后发表声明致歉，称盖德斯只是在开玩笑，希望获得原谅。

看到这则新闻时，相信很多人会觉得政府官员在公开场合开这种玩笑，很低级并不好笑。

随着文明的进步，现代人很讲求环境清洁和入口的食物卫生，却不注意随口吐出的话。羞辱人的话容易挑起仇恨争端，影响身心健康。其实人心里的清洁，比食物上的卫生更重要。

《圣经》上说，说话浮躁的，如刀刺人。一句话要说出口之前，最好先在脑海中思考三遍，再决定要不要让它出来。否则话说得轻浮，造成口角冲突，不仅伤人也伤己，更显出自己的愚蠢。

之前在中国台湾某家社区医院的减重门诊，就发生一起"说话浮躁的，如刀刺人"的口角冲突。

有一对中年夫妻来到这家医院减重门诊挂号，但是早上候诊人数太多，等到护士开门叫到那对夫妻的号码时，都已经近中午用餐时间。性格火爆的中年男人按捺不住脾气，不顾他老婆的阻拦，对着原本笑容可掬的护士大声咆哮："我看你们这减重门诊根本没有用。如果有效，你自己当护士会胖成这种身材……你们只是骗人来刷健保卡的啦……"

这时，大家都在围观。被激怒的护士也不甘示弱回嘴："我胖不胖关你什么事？今天挂号要减肥的人是你，不是我。如果你不想看诊，可以退号，请不要人身攻击。"护士说完，随即转身进入门诊室。正要关上门时，又丢出一句话："还有，我是因为怀孕而水肿，不是胖。请搞清楚！"

这下子，那个中年男人一脸尴尬呆立在原地，他老婆进诊室不停鞠躬哈腰跟护士赔不是……后来，接下来的门诊时间，护士脸很臭，原本亲切的态度发生大转变，对该名病患的问话，回应很冷淡。

看到这里，或许有人会替中年男人说情，因为候诊时间过长，人当然会情绪不好，将当事人脾气暴躁的失控行为合理化。但是，护士无缘无故被骂，这伤害已经造成，谁又来理解她心里的伤呢？

曾经有机构为探讨一句无心的玩笑话或批评对人的影响，于是邀请各行各业的成年人，如会计、服务员等，坐在人来人往街道中的一把椅子上，体验被人无故谩骂、批评的感受。结果受测者纷纷表示这些言语伤害，会使自己紧张、心跳加速，甚至无法忘记这种伤害，并开始否定自己。

这说明一句无心的玩笑话或突然的批评，不管对任何人，都是一种"暴力"攻击。虽然有人可以笑笑不置可否，但是"伤害"在潜意识中，却已经悄悄喂养一头怪兽，累积负面能量，等待某一天冲出理智围墙伤害他人……

或许，活在这个凡事都讲求效率时代，唯独"说话用词"要慢慢琢磨，急不得。与其逞一时口快，说错话之后再致歉，倒不如好好学习"重话轻说、急话慢说、气话别说、坏话不说、好话多说"，才不会在无用的懊悔中，哀叹自己的愚蠢。

蠢人才会诡辩

河中渔

很多人都以为诡辩就是论辩，并非如此，它与论辩的最大不同在于，诡辩忽略了逻辑的内在联系，很难经得起对手的反驳。

黑格尔说："诡辩这个词通常意味着以任意的方式，凭借虚假的根据，或者将一个真的道理否定了，弄得动摇了；或者将一个虚假的道理弄得非常动听，好像真的一样。"黑格尔的这段话，揭露了诡辩有意颠倒是非、混淆黑白的特点。

2014年11月7日，广州举办的第12届性文化节上，某高校彭教授在演讲台上信口雌黄地鼓吹性自由、卖淫合法等滥调，这个教授的逻辑是这样的：性自由也是性，卖淫也是性，爱情也是性，三者都是"性"，有什么区别？有一位大妈实在听不下去，端着"粪盆"对准演讲台，把一盆粪水"盖脸般"朝彭教授泼去。使得彭教授狼狈不堪，臭不可闻，逃窜而去。偏偏此时在会场外云集众多男女老少，举牌抗议所谓文化节，听说场内下起"粪雨"，更为大妈鼓掌。

爱情就是性自由，就是卖淫，这有多荒谬？其实爱情不光包括性，它的概念也和所谓的性自由、卖淫完全不可同日而语。听众不是傻瓜，一个教授毫无顾忌，公开在演讲台上发表不当言论，必然会引起听众的愤怒。诡辩者不是在讲真正的道理，只是在逞口舌之利，即便他们把话说得再漂亮，但是道理无法深入人心，根本不可能得到人们的认可，只会遭到人们的厌恶。

还有一种诡辩形式，是以时间长短决定胜负。比如，美国国会众议院民主党领袖南希·佩洛西穿着10厘米高的高跟鞋，打破众议院一项论辩纪录，连续讲话超过8小时。其中的诡辩逻辑是：演说8小时说明我的想法多，说明我胜过你。可是不要忘记，论辩从来不是以时间长短决定胜负的，很多时候是点到为胜。至于以骂代辩，更是错到姥姥家去了。

诡辩和辩论有根本意义上的区别，诡辩是颠倒是非、混淆黑白。而辩论，也不是单纯地驳倒对方。不是说驳倒对方，就是辩论成功。辩论的真正意义，是在于培养参与者的思辨能力，用辩论去探明真理。不仅仅是口才，更多的是怎样去质疑、思考、提问，怎样去深入地挖掘事物的本质。诡辩似的辩论，对参与者的思辨能力并无益处，对于真理的探索更是有害无益。

诡辩不是辩论，用诡辩的方式颠倒是非，是蠢人才会做的事。当一个人无法得到人们真正的认可，更无法增强自己的思辨能力，才想着去诡辩，这样纯粹是害人害己。

别总把话往坏处理解

李 灿

前段时间，我们语文老师曾经给大家推荐了一批书目，其中有鲁迅先生的书。有一次活动时，老师让大家谈感受。有个同学说："我觉得鲁迅先生不好，他写了很多批判孝道的文章。孝顺父母是中华民族的传统美德，怎么能反对呢？"其实，我们有点文化常识的人都知道，鲁迅先生并不是反对人们尽孝，而是反对孝道文化中不能与时俱进的部分，批判的是封建孝道文化中的糟粕，那些东西难道不该批判吗？我们这位同学明显是把鲁迅先生的话理解偏了，这就不对了。

其实，在我们生活中，很多人也常常犯这样的错误。有时候不是别人不好，说的话不对，而是我们习惯性地往坏处联想罢了。

有个同学，他品行非常好，是大家公认的三好学生。有一次，另外一个同学去问他："你能做到这样品学兼优，有什么秘诀吗？"这个同学说："我们作为青少年，不能光听好话，还要多听批评自己的话。"结果问话的同学把这句话曲解了，逢人就说："他是伪君子，没有大家说得那么好。"大家很奇怪，问那个同学为什么这么说呢？那个同学说："他说我们不能光听好话，要多听坏话。一个人，别人说好话他记不住，一说坏话他就记住了。说明他心胸狭窄嘛，只记住了别人说他的不好了。"其实，我这个同学根本不是这个意思，原话很明显是要告诉我们，人要多听取他人的批评意见，不断改正自身错误，争取不断进步。本来一句很中肯的话被理解成这样，这就太要不得了。

　　我还有个同学，他的文章写得好。有一次，另外一个同学问他："听说你最近写了一篇好文章，能不能发给我们欣赏一下？"这个同学解释说："这样不好，因为这篇文章我是发在一个网站上的，网站有自己的规定。如果在稿费发放之前被转载到其他网站，就会取消计酬。"问他的那个同学就添油加醋，讲人家的坏话，说："他太清高，看不起人，一点都不谦虚。我要看他的文章，他不给看，还吹嘘自己的文章发表在某某知名网站上。"其实，这就是明显曲解他人原意。这个同学并没有四处炫耀自己文章写得好。既然网站有规定，作品计酬之前不能往外发，他当然不能先给别人看。否则，他怎么敢保证文章不被转发到其他网站上？信任不能代替原则啊！他说的是实话，怎么就不谦虚呢？难道他一定要说"我才疏学浅，不好意思给大家看"这样的违心话，才叫谦虚吗？你问别人问题，是希望他说实话还是假话呢？如果你要听故作谦虚的假话，不想听实话，那这个问话还有意义吗？

　　可见，很多时候不是别人说的话不对，而是听话的人把意思理解歪了。其实，一个人曲解了别人的话不要紧，可怕的是他还到处传播这样的不实消息。众口铄金，积毁销骨。听的人多了，自然也就有人信了，这才是最可怕的。我们身边，很多好人不都是这样被冤枉的吗？

　　我们作为青少年，一定要有阳光的心态。我们要相信身边还是好人多一些，对他们说的话要正确理解。我们千万不能认死理，不能潜意识里就把别人的话往坏处引申，更不能把曲解后的意思到处传播。

语言欺凌，德智双低

王海银

2017年，中国应急管理学会校园安全专业委员会在中南大学举办"社会风险与校园治理"高端论坛。论坛上发布的《中国校园欺凌调查报告》显示，语言欺凌是校园欺凌的主要形式。按照校园欺凌的方式分类，语言欺凌行为发生率明显高于关系、身体以及网络欺凌行为，发生率达23.3%。

这在笔者的预料之中。笔者还想补充一句：校园中其他形式的欺凌行为也多是由语言欺凌行为恶化、升级而成的！有个段子说，所谓幼稚，就是既憋不住尿又憋不住话；所谓不够成熟，就是只能憋得住尿，却憋不住话；所谓成熟，就是既憋得住尿，又憋得住话；所谓衰老，就是憋得住话，却憋不住尿。学生尤其是中小学生，正处于这种"憋得住尿，却憋不住话"的"不够成熟"年龄段。当然，假如仅仅是心直口快，心里怎么想就怎么说，没有伤害同学的主观故意，倒也有几分率真可爱，但如果是恶意侮辱同学，性质就比较严重了！

有道是树大招风。作为"新文化中旧道德的楷模，旧伦理中新思想的师表"（蒋介石为胡适写的挽联），胡适在世时也经常被人骂。对此，胡适的态度是："（我）从来不怨恨骂我的人。有时他们骂得不中肯，我反替他们着急。有时他们骂得太过火了，反损骂者自己的人格，我更替他们不安。如果骂我而使骂者有益，便是我间接于他有恩了，我自然很情愿挨骂"。

不知能否算得上"英雄所见略同"。笔者上初中时，因为长得比较矮，有位同学经常耻笑笔者，称笔者是"武大郎"。当其又一次这样称呼笔者时，笔者回应说："假如你认为你这样称呼我，可以得到什么好处，或者显得你有教养，能让老师同学高看你，那么你尽管这样称呼，不要不好意思。"没有想到，他竟然脸红了。从那以后，他再也没有那样称呼过我。

过去人们谈到校园欺凌问题，往往只考虑到被欺凌者所受到的伤害，现在看来，欺凌者同样会为之付出代价，有时甚至会付出更大的代价：其一，无故伤害与自己朝夕相处的同学，暴露了其品德和教养的低下；其二，欺凌同学是一种损人不利己乃至损人害己的行为，显然是一种缺乏理性思考的表现；其三，欺凌者实际上是把欺凌作为一种消遣、取乐的手段，反映其内心的空虚无聊和低级趣味。若被欺凌者能够有理有节地加以回应，则不但可以维护自己的尊严，而且还能充分地展示自己的个性、涵养和智慧，就如同上面所举的例子一样。

俗话说，多一个朋友多一条路。在漫长的人生道路上少不了要求助于同乡、同学、同事等熟人。尤其是同学，由于学生时代没有根本利害冲突，因而最容易结成纯洁而深厚的友谊，是人生道路上最可靠、最肯倾力相助的朋友，失去这样的朋友，岂不太不明智了吗？

因此，奉劝有语言欺凌行为的同学，一定要努力管好自己的嘴，千万不要做那既损害同学尊严，也有损自己形象的两败俱伤的事。万一憋不住，说了伤害同学的话，事后一定要及时地采取补救措施——诚恳地向被伤害的同学道歉，争取对方的原谅。

而被欺凌的同学，也不妨冷静点，学一学胡适对待辱骂者的宽容大度，或者退而求其次，借鉴一下笔者对付欺凌者的办法。

语言之伤

邓公明

先给大家讲一个叫《魔语》的故事。说的是有一天，一个小男孩兴冲冲地跑到奶奶面前大声嚷道："帮我把核桃打开！"没想到，奶奶一声不吭地走开了。失望的小男孩又冲着爸爸喊道："小飞机坏了，快帮我把它修好啊。"爸爸也像是没有听见，继续看自己的书。小男孩伤心极了，独自跑进森林。那儿的一位白胡子老人知道情况后，就在他耳边教了他一句"魔语"。小男孩回家一试，没想到还真灵。只一会儿工夫，奶奶就给他捶了一大碗核桃，小飞机也被爸爸的巧手一拨弄，飞上了天。到底是句什么"魔语"呢？原来老人教他向人提要求时要说个"请"字。简单的对话，只是加了个"请"字，听起来既文雅，又亲切，良好的修养不就一下子展现出来了吗？

这让我想起了一句古话：慧于心而秀于言。意思是，语言是心灵的一扇窗户，通过语言可以洞察一个人的精神世界、道德情操、文化素养和待人处世的修养。优美的语言给人以美的感觉，显现出美的魅力。那么，怎样才能让自己的语言美起来呢？

要做到语言美，就要做到说话和气。"和气"是指能平等待人，说话态度和蔼，语气温和，使人感到亲切温暖。试想一下，如果一个人对着你说话粗声大气，态度趾高气扬，根本不把你放在眼里，你会有什么样的感受呢？

要做到语言美，就要做到谈吐文雅。"文雅"是指说话的内容要健康，能体现一定的文化素养，用词要文明、得体、优雅，不能粗俗。我们生活中的不少同学，在与人交往的过程中，经常不注意自己的用语，只顾"脱口而出"，然后就"出口成脏"，让人恶心不已。

比如说，前天，我们班发生了一起纠纷。起因是在班务会上，周红给自己的好友提了条建议。结果好友不但不领情，还认为周红是有意当众让他难堪，便指着周红的鼻子训斥道："你说话前最好先动动脑子。"周红被激怒了，也不甘示弱地喊道："算了，我不想跟你这种人说话。"对方接着讥讽道："你以为你是谁啊？"结果，两个原本很好的朋友，居然动起手来，最后，双双被老师批评了。

一句良言，可以化敌为友。在口语表达中，与其说"你说话前最好先动动脑子"，何不说"你想好了再说也不迟嘛"？与其说"我不想跟你这种人说话"，何不说"等你冷静了，我再跟你说吧"？与其说"你以为你是谁啊"，何不说"我一直把你当成我的朋友"？

要做到语言美，就要做到态度谦逊。"谦逊"就是指说话态度要谦和、友好、不盛气凌人、不好为人师，遇到不同意见不能马上否定，更不能用讥讽、挖苦的口吻说话。有的同学取得了一点点成绩，就沾沾自喜，自以为是，觉得自己是天下第一，对别人都喜欢抱着一种好为人师的态度，指指点点，甚至挖苦讽刺别人。这样的做法，只会伤了对方的自尊心，也伤了自己在别人心目中的形象。到头来，受到伤害最大的还是自己。

说话不要太善变

李 灿

我先给大家讲一个笑话：古时候有一个知县非常贪财，断案时谁给自己的好处多就向着谁。有一次有两个人来打官司，原告知道知县贪财，就给了知县五两银子。知县当着原告的面说："这件事本来就是你有理，本大人肯定判你赢。"谁知，原告走后，被告又悄悄地给了知县十两银子。第二天，知县改口了，判被告赢。原告比了个五的手势，质问知县："老爷，你昨天不还说我有理吗？"知县则比了个十的手势，说道："你有理，可他比你更有理啊！"

这当然是个笑话，大家不必太当真。我们都知道这个知县可笑、可恨，可换个角度想想，我们有的人不也有同样的毛病吗？我们判断同样的人和事，往往喜欢给出自相矛盾的说法，那是因为我们的私心在作怪。我们总是喜欢朝着对自己有利的方向来说事，殊不知这样很容易露出破绽。

我有个同学，有一次一个老大爷拿着手机找他说："我不会写字，我的儿子发了短信过来，上面有好几个地址。你帮我写几个信封，就照着这几个地址写吧！"我的同学说："我是近视眼，手机上的字太小，看时间长了我眼睛受不了。你找我的同学帮你写吧！"我们信以为真，觉得他真的眼睛不好。可是，没过多久，航空学校来招飞行员，他却第一个抢着去报名。我们问他:"招飞行员要测视力,你不说自己眼睛不好吗?"他反驳道:"谁说我眼睛不好?我测视力能看到测试表倒数第二行,你们行吗?"这不和之前说的截然相反吗?

又比如,我身边有个同学爱好写作,经常发表小作文,甚至还在一些征文大赛中获过奖。大家都羡慕他,并鼓励他把写作抓上去,为学校,同时为自己争光。偏偏有个同学要去泼别人的冷水:"你整天搞这些,那是不务正业。很多征文都要交钱,你父母挣钱容易吗?"可是,最近有一次市里搞征文,说奖品丰厚。这个同学马上改口,对那人友好起来了:"你有这个天赋,一定要参加啊,不参加就可惜了啊!顺便帮我也写一篇吧!"这个时候,同学们才恍然大悟,他批评别人写作并不是真的反对别人写,而是怪别人没有帮他写,他只想不劳而获。

这样的例子在我们身边非常普遍。当我们发现有的人对一样的人和事给出截然相反的说辞时,没有必要大惊小怪。因为这些人过于自私自利,他们评价事物不是从事物的本来面目出发,而是首先考虑怎么说对自己更有利。这个说法对自己有利就这么说,过了一段时间那样说对自己有利马上又换一种说法。他们的这种善变,让我们一时很难知道他们哪句是真、哪句是假。可是,这个社会最终需要的还是不变的真诚,靠善变、虚伪终究是走不远的。群众的眼睛是雪亮的,大家不可能永远被这些人欺骗。

总之,我们作为新时代的青少年,就应该真诚无私,用一颗真心对待身边的人。我们评价事物就应该公平、公正,不计较个人的得失,还事物本来面目。我们为人处世靠的是不变的心,而不是善变的脸。

拒绝抬杠

陈世旭

有一个现象在日常生活中随处可见，那便是两个人争论不休，各持己见，谁也不肯服输，而争论的目的不是辩理，只为给对方添堵，俗谓之"抬杠"。固然，真理愈辩愈明，但不乏有两个人争得面红耳赤到断绝来往的情况，起因却往往都是一些鸡毛蒜皮不值得一提的小事。

这些喜欢争论的人，大多数有些情绪化、不理性。这些人并没有既定原则，如果有，那就是永远要显得与别人见识不同。与这样的人根本就没有争论的必要。每遇这类仁兄，我的做法是立即闭嘴。有个笑话说：古时有甲、乙二人争论，甲说四乘七等于二十七，乙说四乘七等于二十八，争到最后去找县太爷论理，结果说四乘七等于二十八的人挨了板子。县太爷的理由是，一个人竟然蠢到和认为四乘七等于二十七的人争论，岂不欠揍？

无谓的争论永无胜者。做无谓争论的人可以谓之"蠢"，蠢在只会使事情愈来愈糟，既提升不了自己也改变不了别人。有理的一方若纠缠不休，便是愚不可及。卡耐基说："你赢不了争论。要是输了，当然你就输了；要是赢了，你还是输了。"无谓的争论不仅不能解决问题，反而容易让对方当成冒犯，将双方观点上的冲突转变为维护自尊的冲突，也就注定了没有哪一方能赢。你也许赢了一场争论，却因此失去了一个朋友，甚至树立了一个敌人，岂非得不偿失？

"抬杠"的出处在丧事，被借指做无谓争论，本身就有一点隐喻在其中。我们常常在生活中看到，有人能力很不错，却因为争强好胜、喜欢争论而与同事相处不好，也得不到上司赏识，因而感叹怀才不遇，却不知祸根是自己种下的。

既是争论，那就是双方的事。你想避免无谓的争论，而对方却蛮横无理，这就需要你有良好的自控能力，冷静，克制，尽力保持理智。生活中总是温和友善者受欢迎，倘若以温和友善待人，则"一个巴掌拍不响"，双方也就无法争吵。进一步想，既然对方肯花时间对你表达不同意见，也就和你一样对同一件事情表示关心，你也犯不着因为他的意见与你不合而懊恼了。处理得好，把"反对"升华为友谊，那才叫一个高明。

古话说："天下事，何时了；有些事，不了了；一定了，不得了。"许多事是在"不了"中"了"的。偶然发生的语言上的不快，若无关宏旨的分歧，却争个你死我活，效果只会与愿望相反。反过来，学会小事糊涂，避免无谓的争论，也就能不受制于他人的负面情绪，从而不被外界所累。这是一种生存智慧。

因此，当你尚未脸红脖子粗时，请果断将抬杠者"红牌"罚下，心中牢记：这种输赢，无所谓！

说话何必让人无所适从

李 灿

有个故事讲一个和尚和丑女正好面对面坐在一条船上。丑女骂道："大胆秃驴，光天化日之下竟敢偷看良家妇女！"和尚连忙闭上眼睛。丑女又骂道："好哇，你还敢闭上眼睛面向我。"和尚只好把头扭向一边。丑女不依不饶："你不敢正眼以对，正好说明你心里有鬼。"

我们当然都知道，这个丑女明显是无理取闹。别人都已经一再退让，为什么还要步步紧逼呢？这样弄得别人左也不是右也不是，这有意思吗？

其实，我们都知道这样和别人讲话是要不得的，可现实生活中偏偏就有人喜欢这样。

小明有个好朋友叫东东。东东平时休息时，小明说："你整天只知道玩，不爱学习。"东东就拼命地看书，小明又说："你这样不注意休息，迟早眼睛会近视。"后来，东东真的近视了，又生病住了几次院。小明一本正经地说："如果当初你听我的劝，注意休息，现在会这样吗？"东东感觉小明的话太伤人了，甚至听到他的声音就害怕。

我们单独听小明的这几句话，仿佛都有道理，但其实代入现实情况，句句都让人受不了。正常人都需要休息，怎么一休息就是不用功呢？别人不休息时，怎么又指责别人不爱惜身体？别人生病后，一句

"如果当初"不是有幸灾乐祸的嫌疑吗？我们把小明前后说的话连起来分析，明显缺乏逻辑关联，完全自相矛盾。和这样的人交朋友当然累，你的一举一动他总能挑出问题，而且不管你怎么做他都有毛病可挑。

人与人之间相互批评本身不是坏事，可是批评必须有度，要中肯。我们不能为了批评而批评。我们身边就有一些人，你怎么做他们都说你这样不对，不这样也不对。可是，究竟什么是对？他们自己也给不出一个明确、统一的标准。我们和这样的人在一起当然累，因为我们总是"错"的，他们永远是"对"的。这样的人心理不够阳光，也不懂得与人为善。

其实，人与人之间要和睦相处，就应该多一点儿理解和忍让。一味地咄咄逼人，让人无所适从是不好的，那样只会害人害己。因为大家都不是笨人，口不择言的人迟早是会被大家孤立的。

错误的真话与正确的假话

王海银

真话不一定是正确的话，即符合客观实际或主流价值观、含有正能量的话，而是发自肺腑、心口如一的话。比如，父母为了让我们懂得礼让，给我们讲"孔融让梨"的故事，可有人听后却说孔融太傻，不值得仿效。我们可以说他说的话是错误的，却不能说他说了假话。同理，假话不一定是错误的话，而是心口不一的话。比如有的人听了"孔融让梨"的故事，心里笑孔融傻，嘴上却说要向孔融学习，他的话是假的，但也是符合正确认知的。

我们中小学生正处于学习、成长阶段，知识有限，阅历不足，思想认识方面难免存在错误、偏差，如果实话实说，将这些错误思想用语言表达出来，那就是错误言论。

这就引出一个问题：人们所倡导的真话，是否也包括错误的真话？应该如何正确对待错误的真话？不言而喻，假如我们压制错误的真话，出于趋利避害的本能，人们就可能转而去说正确的假话。因此，问题的实质，其实就是在错误的真话与正确的假话之间，我们应该如何选择？这就要权衡利弊了。

选择错误的真话，益处是可以培养我们诚信的品格、独立思考的能力，并有助于及时发现自己思想认识上存在的问题，针对性地开展帮教工作；弊端是这些错误的思想认识用语言表达出来之后，可能传染给其他人。而选择正确的假话，益处是可以将错误的思想禁锢在脑子里，不至于对他人造成影响。现在大多数人认为正确的事物，随着时间的推移和认识的深化，说不定将来会有一天被发现是错误的。过早地将某些话定性为错话，并加以压制，无益于探求真理、纠正错误。

可见，选择错误的真话，利远大于正确的假话，因此，我们宁可要错误的真话，而不要正确的假话！

现下，敢于说真话的人并不算多，在这种背景下，我们更要尊重、宽容乃至鼓励错误的真话。在具体操作上，不论谁说了错话，无论性质多么严重，只要不能证明其有"实际的恶意"，即故意造谣、诽谤，就不打棍子、不扣帽子，相反，还应肯定诚实的品德和独立思考的精神，在此基础上，进行平等对话，找出认识根源，摆事实、讲道理，帮其转变认识。如果一时不能奏效，则要允许其保留观点。大家说话，无论多么幼稚、偏激、荒诞，只能归因于认识水平，而不能归因于智商或品德。

我们对老师也有一些期待，比如在考试、写作业的时候，不能让我们因说了错误的真话而失分。这就要求考试、安排作业时，尽可能多选用客观题，选用主观题时不设标准答案，评卷时只看其论证、叙述过程是否材料翔实、证据充分、逻辑严谨，而不苛求结论正确。

同时，我们也应该明白，每个人都可以独立思考并持有自己的观点，但说话则要有责任意识，必须经过调研和深思熟虑，尽可能避免错误和偏差，造成不良影响；做事更是要顾全大局，严格遵守道德、法律、规章，不可一意孤行。

一句"如果当初……"有啥用

林中路

黄中鑫说："完了，我的手机掉了，找不到了……"

杨紫回道："我早给你说过，像我这样把手机挂在脖子上，你还说难看。如果当初听我的，会这样吗……"黄中鑫一听更是生气："就你高明！我现在也'高明'地说你早晚要丢手机。到时候丢了别怪我没提醒你！好了吧？"末了，平时非常要好的俩人差点厮打起来。

黄中鑫丢了手机已很受伤。而杨紫却一上来就指责黄中鑫当初不听自己劝。杨紫感觉自己的"如果"很是在理，而这对黄中鑫无疑是在伤口上撒盐，让她如何不发怒？生活中，别人行事有误、有偏激，我们及时指出来，这是好事。然而，当对方并没因此而有所改变，致使最终酿成恶果时，有的人往往会搬出自己的前番论断，外加一句"如果当初你听我的"，再次"教训""责备"对方一顿。这句"如果当初……"有啥用呢？是在用对方现在的"伤口"，证明自己当初的"高明"？这不仅于事无补，还会火上浇油。

一次考试前，李飞被刘俊拉到一边说："帮帮我吧。假如这次我得了名次，就能得到老爸的奖励了。"李飞听后，义正词严地说："不行，不能作弊，你这是欺骗你爸！"刘俊狠狠地推开李飞走了。想到自己是为了刘俊好，却被这样对待，李飞很是恼怒。后来，刘俊找了别人帮他，还跑到李飞跟前说："总会有人帮我的，别以为自己很了不起。"李飞又气又恼："你早晚会被要求请家长的！"结果，还真被李飞言中了，刘俊作弊当场被抓，被要求"通知家长"。李飞得知后说："我早就给他说过了，如果他当初听我的，还会落得这种下场吗？"刘俊知道李飞说过这话后，便与他彻底绝交。

别人不慎误入歧途，你劝说不成，反遭对方打击，这是对方的不对。但是，这不应作为你恼羞成怒、放弃劝说的理由；而当对方被自己言中时，你更不能幸灾乐祸、落井下石地用一句"如果你当初听我的"来嘲笑对方，而应做到良性开导、促其自省。在这里，刘俊请李飞帮他作弊，李飞出言规劝、阻止，可谓用心良苦。然而，当刘俊依旧我行我素时，李飞顿时失去"斗志"，反倒和刘俊"斗气"，这对刘俊改过自新有什么意义呢？

年少的卡洛斯和弗朗蒂跟着师傅学习雕刻。两年后，师傅让他们也开始动手雕刻，同时也想借此选拔其中一人，作为小店负责人的培养对象。一次，两人在处理雕刻细节时，不慎弄砸了雕刻。想到不能按原计划完成任务，师傅就要面临赔偿，弗朗蒂灵机一动，准备用这废弃的材料，雕刻成许多个小型雕塑来应付客户。卡洛斯当即反对："别这样，这样会让我们永远失去这个客户的！"而弗朗蒂则抢着说："不能按时交货，师傅的赔偿你给？"后来，客户看到货不对版果然很生气，并四处宣扬他们作假欺骗人。师傅一怒之下要将弗朗蒂赶出去。卡洛斯到弗朗蒂跟前惋惜地说："如果你当初听了我的话，就不会这样了，唉……"卡洛斯的话让弗朗蒂再次陷入了极度悔恨之中。师傅无意中听了卡洛斯的陈述，更是生气："你是想借此证明你比他强吗？我想要的是这样一个人，当对方出错时，能及时指出，并制止对方。我看你也不是合适的人选！"最后，卡洛斯也被赶走了。

朋友做出了不当决定，你极力出言劝阻，本来就是你应做的事。而当朋友已经"尝到苦果"，你再来谈"如果当初"，这是没半点益处的，只会徒增不必要的苦恼，你还不如帮对方出谋划策，使其尽快走出沮丧的低谷。上例中，弗朗蒂想蒙混过关，卡洛斯直言相劝，这是非常好的。然而，卡洛斯责备弗朗蒂"当初没听他的"，这在气头上的师傅看来，是在用对方现在的"伤口"，证明他当初的"高明"，也让师傅很是反感。最终，卡洛斯也被赶走了。

一句"如果当初……"有啥用？我们常说"前事不忘，后事之师"，错误已定，确实应该好好自省一番，免得再出问题。可千万要注意，你可以心里埋怨对方没早听你的，但绝对不能在口头上以此来炫耀自己。

你当是一根有思想的芦苇

有些话不妨直说

董宜萍

在电影《大话西游·月光宝盒》中,孙悟空要夺月光宝盒,企图借此"穿越",躲开观音菩萨。不料,观音却追着他不放。

孙悟空从唐僧手里抢宝盒。唐僧说:"你想要啊?悟空,你要是想要的话你就说话嘛,你不说我怎么知道你想要呢……"

孙悟空一拳打倒唐僧,却被观音菩萨收进玉净瓶。

唐僧愿一命抵一命,救下了孙悟空。

唐僧为救孙悟空连命都不要了,怎么会舍不得一个盒子?假如孙悟空有话直说,把话说清楚,讲明要月光宝盒的原因,唐僧定然乐意奉上。

生活中,"有话不直说"的现象屡见不鲜。有同学借你钱,忘记还了,你也不直说,就是不给他好脸色;室友生活习惯不好,不讲卫生,你就是不直说,弄得抽屉咣咣响;朋友请你帮忙,把你累个够呛,浪费精力、耽误时间,你很讨厌这样,可你偏偏不直说,总给朋友甩脸色。

谁也不会读心术,他们不知道哪儿"冒犯"了你,只好胡乱猜测。猜来猜去,还猜不明白。谁也不愿意"热脸贴冷屁股",谁也不愿意总看你皱着眉头、甩脸色。惹不起还躲不起?结果,脸冷了,距离远了,同学间关系疏远了,彼此有芥蒂了。而你呢,还在生闷气,觉得自己好委屈呐。

有话不直说，惹得双方互相猜疑，你认为他"不明事理"，他认为你"喜怒无常"。这么一来，破坏了彼此之间原有的和谐关系，加深了彼此的成见，败坏了各自的名誉，还无助于误会的化解。本来一句话的事，可有话不直说，最后弄得乱成一锅粥，惹得双方苦不堪言。

有些话不妨直说，摆在桌面上谈，丁是丁，卯是卯，不祸害谁，也不怕得罪谁，该咋地就咋地，决不藏着掖着，更会促进彼此的情谊。这正是，有话说在明处，省得双方玩"猜谜游戏"，节省彼此不少精力，对于别人也十分有益。你说明白了，人家好改正呀。

你当是一根有思想的芦苇

"毒舌式"幽默要不得

泓 泉

宿舍里,几个女孩闲聊时,姜雯想幽默一把,就打趣张灵:"别的女孩都是千金,可你却是千斤顶啊!"张灵很不高兴:"说谁呢?!"幸亏旁人及时打圆场,两人才没吵起来。

生活中,此类"毒舌式"幽默,屡见不鲜。它以挖苦、取笑他人为乐,故意揭人的短处,制造笑料。

2013年央视春晚上,蔡明在小品《想跳就跳》中就扮演了这样一位"毒舌老太太",说话尖酸刻薄,处处玩弄"毒舌式"幽默。说李咏:"让你脸短点儿你习惯吗?"评朱军:"别煽情了,我哭不出来!"又讥讽练国标舞的潘长江:"国标?我看你像鼠标,就你那舞跳的,是恶心他妈给恶心开门——恶心到家了!"还结合潘长江的身高给他起了一系列的艺名——"小菠萝""小骆驼""小拖鞋""小摩托",极尽挖苦之能事。

尽管这是艺术夸张,但这种"毒舌式"幽默绝对来源于真实生活,生活中定然不乏其人。

且计算一下"毒舌式"幽默的收益吧!诚然,它也能博得些许笑声,然而,刻薄不是深刻,挖苦不是幽默,它对人际关系极为不利。"毒舌式"幽默,带有讥笑和讽刺的味道,含有轻视和贬低的意味,将笑声建立在他人的痛苦之上，无异于在他人的伤口上撒盐，不仅会伤害他人，还会破坏彼此的关系，甚至传递出以取笑他人为乐的负能量，得不偿失！

非但如此，"毒舌式"幽默有时还会引来对方的反击，挖了坑自己往里跳，简直是引火烧身。

明朝《雅谑》中，就记载了这样一个笑话。苏州包山寺有个僧人叫天灵，博学多才。当地一个秀才妒忌他，常以挖苦他为乐。一次，众人拜访僧人，秀才故意问："'秃驴'的'秃'字怎么写？"僧人随口应道："把'秀才'的'秀'字，屁股略微弯掉就是。"众人大笑。

这秀才耍弄"毒舌式"幽默，搬起石头砸自己的脚，也是活该。

列宁说："幽默是一种优美、健康的品质。"幽默本指有趣或可笑而意味深长的话语或行为，能让人笑过之后汲取美好和高尚的正能量。"毒舌式"幽默显然背离了幽默的宗旨，伤害他人自尊，破坏人际关系，实在要不得。既然如此，咱们再玩幽默时，就避免挖苦、讥讽他人吧，让"毒舌式"幽默永远下课！

第七章

关于情感

没有一种给予是理所当然

苗向东

一位农村来的同学，为了与舍友搞好关系，开始给舍友打开水，帮舍友打扫宿舍卫生，甚至舍友打牌要买个东西，也叫他去跑腿。后来有一天他突然拒绝了舍友的要求，舍友却觉得他做错了，要他继续像以前一样。类似的事还有很多，不少人认为父母给自己做饭，接送自己上下学，甚至给自己找工作、买房子，一切都是父母应该做的……

对于父母的养育、身边人的关心、朋友的爱护、老师的教诲、配偶的关爱、上司的指导等，我们常常全都心安理得地接受，很少有人会对他们报以感恩的笑容、及时的回报。

其实，没有什么是理所当然的。没有人天生就是为孩子而活的，不要把家人对你的好，当作理所当然。网上流传着一位父亲对他儿子说的话：没有谁有义务要对你好，就算是我和你妈，从你长大成人那一天开始，我们也没有义务要继续对你进行照顾，我们也有自己的生活，以后的路都要靠你自己去奋斗。

不要将理所当然带到社会。不论是你的父母，还是兄弟姐妹、朋友等，没有人是必须对你好的。曾有人在网上吐槽自己的同事不知感恩，说自己和同事住得不远，便做好事让同事搭车，刚开始同事还表达一下感谢，时间久了，就当成理所当然，天经地义。

要知道别人帮你，不是因为欠你什么，而是把你当朋友！有人心甘情愿地疼你、爱你，那只是因为他在乎你，你要懂得珍惜。别人的善意，别人的许诺，别人的给予，都不是理所当然的。帮你是情分，不是理所当然；不帮你是正常，而不是薄情寡义，没有谁有义务、有责任、死心塌地、自始至终对你好。别人帮你是情谊，不帮是情理，别拿情分当作应尽的本分。你凭什么要求人家对你无条件地付出？

对父母的付出视而不见，这样的人对父母的尊敬心也容易丢失。不知感恩的人永远把自己放在第一位，这样的人是一个利己主义者，别人给再多也不懂珍惜与感恩。总是把别人的帮助当作理所应当，没有一颗感恩的心，也没有一颗体谅他人的心，将失去他人的尊重。

人际关系中闹矛盾都不是最可怕的，最可怕的是把一切都当作理所当然。当你只懂得享受，而完全不愿付出时，对方的好也会慢慢地消失，没有一种关系能仅靠一方的付出维系。杭州"创纪录"创始人叶俊说过，当一个人觉得别人付出是应该的时，美好就不存在了。如果付出不被珍惜、真心不被回应，再深的感情也会出现嫌隙。那一次次的失望，会让人心寒，让人找不到值得交往的理由，看不到未来互敬互帮的希望，对你再好的人，再执着的情也有离去的一天。

不要把别人的善良、仁爱，当成不劳而获的资本；不要把别人的宽容、包容，当成一味索取的理由。爱是相互的，有人说："人心没有感激滋养会变得荒芜。"对每一份爱和给予都应心存感激，那些对你好、于你有恩的人，应该好好地珍惜，善待每一份付出，让别人感到他的付出都是值得的、有意义的。

如果每一次善行都能收到积极的回馈，那么这个世界将会有更多的人愿意付出、懂得付出，人与人的关系将天长地久！

最大的教养

✒ 苗向东

北大毕业生王猛（化名），曾经写下一篇万字长文痛斥父母。王猛是高考理科状元，本科毕业后留美读研，和父母决裂后，几乎不回复父母任何信息，十多年没回家过春节。不知从何时起，"逃离原生家庭"等类似话题逐渐流行起来。

小的时候，我们总是习惯性地觉得父亲是无所不能的"超人"，母亲是累不倒的"铁人"。可是后来渐渐地发现父母其实也是肉身凡人，甚至生活在社会最底层，卑微得像一株小草，有些父母一辈子都买不起房子。

有的父母重男轻女，对子女总是不能"一碗水端平"。有时我们在外面挨打受气了，父母不为自己出气，还嫌自己在外面惹是生非，也会痛恨父母不注意形象，让自己在同学面前抬不起头，甚至埋怨父母没有给自己留下更多的东西。更有的父母还有不少不良嗜好，喝酒、打牌、赌博……劣迹斑斑。我们总会发现父母有太多的不完美，觉得他们好像欠了我们一个更好的人生。

世上没有一个完人，包括我们的父母。所有的父母，过去也是他们父母的孩子，成为父母时没有经过任何培训，就站上了父母的岗位。养育孩子可以说是这个世界上最具挑战性的工作之一。父母也有自己的理想,有自己的个性,有自己的缺点不足,他们也在负重前行,这个世界上,没有满分的父母。

"哀哀父母,生我劬劳。"身为父母他们哪怕自己微不足道,平庸无能,也要用自己的血肉之躯为孩子遮风挡雨,撑起希望;我们只记住了父母的严厉,却不知道他们在外面受了多少委屈,遭了多少白眼;我们只记住父母打了自己,却不知他们心里比我们更痛。他们把能够给予的全给了我们。如果说世界上有谁会全身心地爱我们,那一定就是父母。

没有父母的生养之恩,就没有今日的我们。英国心理学家奥利弗·詹姆斯在他的著作《天生非此:家是如何影响我们一生的》中建议大家学会理解父母,原谅父母的不完美。三毛也说:"在许多地方,便必须请青少年包涵父母,谅解父母。"

永远不要埋怨父母托举的高度太低,因为父母只有这个能力,他们已经倾其所有,用尽全力。愿你懂得父母身后苦,愿你懂得父母行路难。

有人说成熟的标志就是学会和父母和解。你心心念念记着父母的错,最终惩罚的,必定是自己。当你明白了父母的苦和累,懂得了他们为什么生气和责备,才是真的长大了。就像《奇葩说》选手邱晨说的:接纳不美好,才能真的美好。

"生养之恩大于天",父母子女的相逢,是用来相亲相爱,而不是相恨相杀的。每个人的父母都不完美,为此要学会放下执念,减少苛责,停止埋怨,宽容父母的过错,这是人最基本的德行、最该有的善良和最大的教养。

每个人都需要存在感

孙丽丽

下雪的时候，很多小朋友都喜欢在雪地上踩来踩去，因为踩雪能看见自己的足迹，证明了自己的存在，也就获得了存在感。捉迷藏是我们小时候最爱玩的游戏，捉的那个人用双手捂住眼睛，大声数数，身边的小伙伴便四散开来。捉与藏、消失与出现，魔法般地让孩子沉浸其中乐此不疲，因为它不经意间击中了每个人的存在感。

所谓刷存在感，就是寻求被他人注意。心理学家威廉·詹姆斯说过，人类天性至深的本质，就是渴求为人所重视。很多人在朋友圈内分享自己的生活，美食、养花、旅游、孩子等，希望得到他人点赞，以获得存在感。然而，当你兴致勃勃地分享一条内容，却无人回应，难免会有些失落。其实，存在感的获得，从来不是靠的博人眼球，而是在你的能力范围内，做自己该做的事，帮自己能帮的人。存在感，来自对他人真正的关照。很多人总是习惯于炫耀自己的长处，希望得到别人的认可，成为别人羡慕的人。他们到处寻找存在感，最后却是最没有存在感的人。成熟的麦子总是低垂着，越优秀的人越低调，真正优秀的人，不需要寻找存在感。武侠高手们为什么都喜欢隐居在深山？因为真正的高手，都不轻易显山露水。

真正有价值的人，会把时间用在有价值的事情上，无须浪费时间

"刷"存在感。而靠"刷"存在感来获得存在感的人，无论如何都无法让自己变得充实而自信。

每一个刷存在感的人，内心里都住着一个假自我，他们看不到真正的自己，或者极为排斥、不接纳真正的自己，总想着依靠他人的评价来界定自己。而依靠他人的评价构建的自我形象最容易变形或坍塌。阿兰·德波顿在《身份的焦虑》一书中说，我们的"自我"就像一只漏气的气球，需要不断充入他人的爱戴才能保持形状，而经不起哪怕是针尖般大小的刺伤。

《三国演义》里讲才子杨修极为聪慧，对曹操的一言一行都能做出准确预判，处处显示自己的智慧锋芒，最后却被曹操设计杀死。为什么？他太刺眼了。在生活中也有这样的人，他们洞悉别人的心思，处处说破他人想法，这样的人不会博得他人的好感与羡慕，反而在不知不觉中不断树敌。

顾炎武说："吾辈所恃，在自家本领足以垂之后代，不必傍人篱落，亦不屑与人争名。"

不争名夺利、不依赖他人，以谦逊的姿态生活的人最让人喜欢。就像凤姐与宝钗，一个犀利高调，一个优雅低调，但比起"粉面含春威不露，丹唇未启笑先闻"的凤姐，那自信而又不失谦逊的宝钗，反而更容易让人喜欢。

所谓存在感，并不需要靠哗众取宠获得，倘若你真有实力，你不需要寻找存在感，存在感自然会来找你。当一个人足够优秀的时候，自然而然地就会吸引别人的注意。

刷存在感，就是为了感受自己的存在，主要根源在于小的时候没有被父母无条件地接纳。幼儿太需要父母了，否则就无法生存，所以他们开始学会屈从，隐藏自己真实的个性，来迎合父母的期望。在得到父母认可的同时，不断强化那些自创的模式，慢慢地就形成了习惯，也就是性格。这些性格一旦形成就很难改变，总是不断地重复，而不能随机应变地应对一切。

一个人越向外界刷存在感，越找不到自我，于是变得更加孤独无力。当一个人回归到真实状态，知道自己到底想做一个什么样的人、想拥有什么样的生活，外在的评价就变得不重要了，也不需要取悦他人了。存在感有了，内心也踏实了，一切都是自己最舒心的状态。

请你努力做自己，活出自己的风采，"你若盛开，蝴蝶自来"。

> 你当是一根有思想的芦苇

不要在父母面前羞于表达我们的情感

苗向东

在西方国家，许多家庭的孩子每天出门前、回家后都要和父母拥抱、亲吻他们的脸颊，努力让对方感受到自己的爱意。而含蓄、内敛的中国人不太习惯这样的亲热，这似乎成了我们无法逾越的障碍。

2009年12月13日，林董事长认识了从平顶山骑着自行车，赶到郑州寻找走失儿子的老人许长兴。老人的儿子许岗于2009年8月21日晚走失，一直未归。年迈的父亲为了寻找儿子，骑车跑遍了一个又一个城市。林董事长了解到老人的困难后，带领大家为其捐款，哪知老人泪流满面地说："我不要钱，我只要儿子。你们捐我千金万金，不如儿子给我一个拥抱。"老人的话让林董如醍醐灌顶：子女给父母最好的礼物原来就是"拥抱"！

据说演员苗圃拍戏回家后，第一件事就是亲妈妈一口，跟爸妈拥抱，调皮的时候，还会坐他们腿上压他们一下。虽然知道可能把他们压疼了，但她却很高兴，因为这是他们之间情感交流的一种方式。苗圃说："应该抛开那些碍于情面的东西，你数一数，你再抱他们的机会没有多少了，所以要抓住每一次跟他们拥抱的机会。"

曾经有一道"算术题"在网上很红，说的是一位66岁的退休数学老师让儿子计算他陪妈妈的时间。儿子每年回家5天，真正陪妈妈聊天、吃饭、逛街、走亲戚的时间——一共11.5个小时；问在妈妈80岁时，儿子共陪母亲多少时间？一算只有13天。人生这道亲情题只能做一遍，没有补考的机会。很多人没有把握住这唯一的一次机会。

诺贝尔物理学奖获得者崔琦在接受杨澜采访时，谈到自己出生在河南农村，父母都是大字不识一个的农民，但是他妈妈颇有远见，咬紧牙关省吃俭用送崔琦出去读书。然而父母在五十年代末的困难时期由于食物不足死去。杨澜问崔琦："有没有想过如果当年母亲没有坚持把你送出来读书，今天的崔琦将会怎样？"崔琦回答道："如果我还留在农村，留在父母身边，家里有一个儿子毕竟不一样，也许他们不至于死吧。"

年迈的父母在内心深处渴望儿女牵着他们的手，给他们一个深情的拥抱，这些表达传递了子女对父母的关爱，让年迈的父母感觉到垂暮之年老有所依，心有所靠。牵手、拥抱是爱的最直白、最温馨、最浪漫的表现，是一种让人感觉到安全和温暖的方式。牵着父母的手、拥抱自己的父母吧！让他们感觉到你在成长，你在坚强，这是儿女对父母最大的回报。

不要在父母面前羞于表达我们的情感，牵着父母一起去散步、给父母一个拥抱吧！让他们在你怀里取暖，感受到你的爱！让一生都在给予我们关爱的父母，在他们的有生之年，也同样享受到来自儿女的关爱吧！

被管也幸福

积雪草

傍晚,我在街对面的小公园里遛弯。晚风轻拂,花影婆娑,一个年轻的女子手里牵着一个五六岁大的小男孩也在散步。小男孩非常调皮,走路也不老实,蹦蹦跳跳,一会儿蹲在地上不肯走,一会儿又伸手摘枝上的花。

那个年轻的妈妈一把抓住他的手,和颜悦色地说:"这花好漂亮啊!别摘了,摘下来就蔫了,就枯了,留在花枝上,还可以多开几日,别人也可以好好欣赏一下。"小男孩不依不饶,嘴里一个劲地嚷嚷:"要你管啊?我就要花儿,你干吗管我?"小男孩噘着嘴,兀自生气,可孩子的心性就像晴天的雨,一转眼就过了。眨眼的工夫,他又去追一只小狗。那只小狗可真漂亮,像一个白色的小雪球,被小男孩追得撒欢地跑。

那个年轻的妈妈在后面大喊:"别跑了,别跑了,别摔倒了!"小男孩哪里肯听,一边跑,一边回头说:"你有本事追我啊?追不上我就别管我……"话还没说完,摔了个嘴啃泥。

我听见,忍不住笑了。我想起我小时候,也是这般任性、固执、不领情。母亲每每管我,不让我这样,不让我那样,我都会梗着脖子嚷嚷:"啰唆什么啊?我才不要你管呢!"

有一年冬天，我打算和小伙伴们一起去村西的水库破冰取鱼，结果这件事情被母亲知道了。母亲说："不许去，天冷，危险，不要小命了？"我哄骗母亲说："我们不凿冰，去溜冰，不危险。"母亲说："那也不许去！"我急了，回呛："就去，要你管？"

我从窗户偷偷溜出去，结果鱼没有逮着，自己却掉进了冰窟窿里，身上的棉袄棉裤全湿透了。大冬天，冻得瑟瑟发抖，我却不敢回家，怕妈妈问起。最终我还是磨磨蹭蹭溜回家，妈妈看到我这个样子，叹了一口气，没有骂我，只让去换衣服。

那时候，母亲什么事情都要管，不许打架、不许骂人、不许和陌生人说话、不许疯跑、不许爬树、不许下河、不许喝凉水，如此种种，不许的事情简直太多了，被管得厌烦了，我经常会拿"不用你管"这句"名言"来回怼母亲。

那时候，我最盼望的事情就是快些长大，长大了就没人管了，从此过随心所欲的日子，想干什么就干什么，逃离母亲的"魔掌"。谁知长大了并不像幼时想象中那般自由和快乐，不但要管好自己，还要管好父母、管好爱人、管好孩子。长大后才明白，这世间根本没有绝对的自由。

我看著名作家毕淑敏老师的散文《提醒幸福》时感慨良多。书里写，天气变冷，母亲会提醒你多穿衣；取得一点成绩时，关心你的人会提醒你别骄傲。

"被管"这两个字从字面上来看有被动性，不是主观上的意愿；"提醒"这两个字更平和、更中性，更人性化一些。从某种意义上来说，"被管"和"提醒"有异曲同工之妙。试想，管别人也是一个体力活，需要耗费精神。若不爱，谁会管别人的闲事？

生活中，很多人讨厌"被管着"，觉得被束缚，没有自由。可是一旦没人管了，又会觉得空虚，没着没落。大多数人小时候被父母管着，结婚后被爱人管着，老了以后被儿女管着。若有一个人肯天天管着你，肯定是爱你的。所谓的"管"，也是一种牵挂和惦念。说到底，被人管着也是一件幸福的事情。

我们对亲人说过多少狠话

五 一

读中学时，我迷恋上了一位歌星。我四处收集偶像的各种资料，但凡有一点与偶像相关的新闻报道，我都带着十二分的兴趣和热情去了解。偶像出了专辑，必须第一时间买来，而专辑里的歌曲更是首首不落，反复吟唱。如此疯狂的痴迷行为必然严重影响了我的学习，眼看着学习成绩一落千丈，我却丝毫不以为意，依旧沉迷在"追星"带来的乐趣中无法自拔。

看到惨不忍睹的期末成绩单，父母终于意识到问题的严重性。但此刻父母以及老师的干涉，更引起了我的"逆反"心理，偶像就是优秀，我就是喜欢他，怎么了？于是无论父母怎样苦口婆心、软硬兼施，我就是执迷不悟，甚至变本加厉。那次，得知偶像要开演唱会的消息后，我决定独自坐车去千里之外的城市看演唱会。听了我的话，母亲简直要气疯了，她声嘶力竭地大喊："不许去！""我偏要去，我非去不可！"我不甘示弱地回敬。母亲气得浑身发抖，脸色发紫，嗫嚅着说："你敢走出这个门就不要再回来了！""不回来就不回来，从今往后，我不会再踏进这个家门一步！"我咬着牙一字一顿地说。"你……你……"母亲指着我，一句话也说不出来。我却潇洒地一扭身，带着报复的快感迅速逃离。

最终，父母还是把我找了回来。面对父亲的劝说，我眼睛瞟向母亲，还拧着脖子耿耿于怀："不是说不让我回来了吗？"父亲搓着双手，对母亲使劲地眨眼睛。良久，母亲讷讷地开了口："回去吧，闺女，妈也是一时气话。"当时年少的我只知道自己心里舒服，却从来没有想过，让一向要强的母亲低头对她来说是多么艰难，更没有想过，我当时脱口而出的"狠话"给母亲带来了多大的心理伤害。多年后，我才从父亲口中得知，很多个午夜母亲从噩梦中惊醒，口中念叨的还是我那句不知天高地厚的狠话。

高考填报志愿时，我铁了心想要填报艺术院校，没想到却遭到了父母的强烈反对。其实天下的父母哪有不疼爱孩子的，他们所做的一切都是为了孩子着想。可当时年少轻狂的我怎么可能理解父母的良苦用心呢？我和父母据理力争，并信誓旦旦地向他们挑衅："不让我报我就不参加高考了。"年过半百的父亲气得血压直升，下了最后通牒："你要考艺校，我就不认你这个女儿！"年轻气盛的我立即反唇相讥："好呀，从什么时候开始？要不要立个字据？"听了我的话，父亲当时气急攻心，一头栽倒了过去。

经过抢救，父亲并无大碍。最后，我还是自己乖乖地选择了适合的高校，也理解了父母的良苦用心。而面对我所做的一切，父母无怨无悔、毫不计较地爱着我。在深深感动之余我又想起自己当初大逆不道的话，除了后悔更多的是后怕，万一父亲倒下再起不来，我是否能够承受住这样的后果！会不会因此而悔恨内疚一辈子！

细想这些年来我说过的"狠话"，大部分竟都是对着最爱自己的父母！有人说，我们一般只对自己最亲最爱的人发火，因为在潜意识里，我们觉得他们不会离开。是的，父母永远是最爱我们的人，无论我们说出多么令他们伤心的话，做出怎样决绝的举动，他们最终都会宽容我们、理解我们、原谅我们。而醒悟过来的我们唯一能做的就是小心呵护他们那颗爱我们的心，不再让他们受任何伤害。

爱，从来不卑微

鸢　琪

在校园里，我们经常看到一些家庭不富裕的同学的父母来送钱物时，因其穿着打扮寒酸而被那些同学当成陌生人爱理不理的场面。可我得提醒大家：即便我们的父母出身低微，穿戴落伍，收入更是有限，但他们对我们的爱却并不比富有父母的少。因为爱，从来就不曾卑微过。

父母为了让我们穿暖吃饱，可以自己忍饥受冻；父母为了让我们得到更好的教育，砸锅卖铁供我们读书；父母可以为了我们，牺牲自己的一切……

但这些举动，在我们某些同学的眼里，也许成了被他人瞧不起的笑料，成了今后他们在老师、同学面前抬不起头的把柄。因为他们觉得这种爱，与那些地位显赫、衣着光鲜的父母的爱比，显得可怜。持此种心思的同学，可以说根本不懂得爱的真正内涵与意义。爱是不会因地位的低下而消失，也不会因表达的拙劣而褪色，更不会因旁人的冷嘲热讽而贬值。

2007年被评为"全国道德模范"的杨怀保，在穿着寒碜、满脸沧桑的父亲每次来学校找他时，他都不会避开他人的视线，而是大大方方地"迎接"父亲的到来。因为他明白，一个真正懂得孝顺的孩子是不该嫌弃父母的，即便他们是乞丐。这种爱在杨怀保的身上得到了最好的诠释。

而看看我们周围的一些同学，似乎特别害怕父母来学校看望自己，他们担心的不是自己成绩不好，他们真正害怕的是若让别的同学瞅见农民装扮土得掉渣的父母后，自己会被人笑话。于是，父母哪天要是来了，有的像是老鼠见了猫似的躲得远远的，有的则把父母拽到一旁大声嗔怪"你们不该来，你们这个样子会让我在同学面前丢脸"，更有甚者当着同学面说"他们是我的伯父伯母"，或干脆把提着一大袋子东西的父母晾在一边。

同学们，这么做是错的。爱是与生俱来的，是人的特质。对此，法国最杰出的浪漫主义作家雨果曾一针见血地指出："人间如果没有爱，太阳也会灭。"印度诗人泰戈尔也直言不讳地说："爱就是充实了的生命，正如盛满了酒的酒杯。"

由此可见，爱是架起人与人之间的桥梁，是维系人与人之间关系的纽带。爱是圣洁的，是不以地位的尊卑、职务的高低、表达的差异而变化的。

第七章 关于情感

为什么我的眼里常含泪水

郭 简

还记得2020年1月17日的休业式，我给你们分光了办公室所有的零食。还记得你们一声声的"老师，再见！"我以为我们很快就会再见。因为寒假，向来那么短。但是，一场突如其来的"战役"打破了常态，我们都履行着自己的义务，在家，不出门，就是保护自己，保卫家园！

要感谢现代通讯的发达，让我们远在异国他乡，也可以了解武汉发生的种种。2020年1月24日，我在泰国街头，骑着摩托跑了二十几家药店，凑了几百个口罩，我想身边总会有人需要。我一遍一遍地加在泰国要运送物资回国的导游领队的微信，希望能够尽自己的一份力量。我深夜坐在酒店一楼大堂，听着武汉可能封城的消息，看着武汉传出来的各种让人心疼的视频，听着一线医生近乎失控的哭声，想着自己年幼的孩子和在国内的家人，我百感交集，却好像又无能为力。

我不是医生，我没有资格在医院冲锋陷阵；我不是科研工作者，我没有能力研制抑制病毒的药剂；我不是商人，我没有办法像那位浙商一样在海外直接买下口罩厂，低价售卖回国援助一线；我不是记者，我不能冲到第一线告诉社会那里到底发生了些什么；我甚至看到网上那些让人生气的人和事，也只能说句，我真生气。那么，我能做些什么？

我是一个老师，我的学生——你们，是中国的希望，是中国的明天。这几天有一句诗在我做饭的时候，在我拖地的时候，在我陪孩子玩的时候，在我洗脸的时候，在任何时候，都会从我的脑海里跳出来——为什么我的眼里常含泪水？因为我对这土地爱得深沉！

人都有信仰，它不是你平日里高喊的口号，它不是你挂在朋友圈的签名。它，贯穿了你的一生。而我的信仰，就是对这片土地，最深沉的爱。因为我爱脚下这片热土地，我想告诉我的孩子们，它也应该是你的信仰！

我最亲爱的孩子们！他日，你们长大。请做像钟南山爷爷那样的人！敢说真话，勇挑重担，专业一流，成为十几亿人的倚靠。

我最亲爱的孩子们！他日，你们长大。如果你们愿意学医，请做像这些冲上一线的医护人员那样的勇者。用自己的身躯，扛起万重大山。总是要到这一刻，我们才明白，什么是白衣天使。他们不怕吗？他们不哭吗？责任重于泰山，他们选择了这个职业，就要为其奉献一切。

我最亲爱的孩子们！他日，你们长大。如果你们愿意走上科研道路，可不可以不要仅仅为了评职称发论文，可不可以为人类的发展，做更长远的计划，可不可以用毕生的努力，让人们不必再遭受这样的痛苦。

我最亲爱的孩子们！他日，你们长大。如果你们愿意从政，请做正直、诚实、心有大爱，心有慈悲的人！我相信，一个人的能力有大小，但是只要心中有大爱，有着慈悲的心肠，他就一定会为百姓踏实办事！

我最亲爱的孩子们！他日，你们长大。如果你们愿意从商，一定记得：做商人必有几分侠气！凭本事赚钱，凭大义救国。

我最亲爱的孩子们！他日，你们长大，你们会从事各种行业。但无论在哪里，在做什么，请记得，一个人的信仰不能丢。一个人对祖国和人民的大爱，不能丢！我们要做对社会有用的人，这样，我们的人生才有意义！只有温暖了别人，世界才会更加精彩，更有意义！

  我最亲爱的孩子们，我相信，终有一天，我们会战胜困难！中国是发展中国家，你们是中国的明天！我相信，你们的善良、正直、勇敢、热血的心，一定能点亮中国的明天！加油！

  而此刻，作为明天的栋梁的你们，请认真落实课内作业任务，扎实学习，为有一天实现自身价值，努力充电！为有一天不必遗憾地说"我能做什么"，而努力读书！少年的周恩来说，为中华之崛起而读书！你们，当勇敢面对社会责任，为实现中国梦而读书！

  孩子们！加油！

  为什么我的眼里常含泪水，因为我对这土地，爱得深沉！

你当是一根有思想的芦苇

孩 子

王 伟

2016年秋天，妈妈犯了严重的心脏病，住进第二人民医院等候手术。心胸外科主任在动手术的前三天，召集所有家属谈话，介绍了病情和治疗方案后，再三强调心脏修补手术风险非常大，手术期间需要停止心跳一段时间，只能通过体外循环机维持生命，但病人很有可能扛不住，下不了手术台，家属要有充分的心理准备。

谈话结束，大家强打起精神回到病房露出笑容，一再安慰妈妈只是小手术，用不了多久就能出院回家了。妈妈半躺在床上，很平静地听着，没多说什么，只是说想看看家里的照片。

然而，家里照片很多，妈妈想看的到底是她自己的照片、每个家人的照片，还是全家福？是旅游照、工作照，还是过年聚餐的照片？

妈妈沉默了。

多说无益，我立即赶回家，翻箱倒柜把所有的影集找出来，送到了医院。

手术结束，妈妈被推进重症监护室，原来的病床就要退出来了。我回到病房收拾东西，隔壁床位的病友告诉我："你家老太太很奇怪，说要看家里的照片，你送过来十多本影集，她却只看一张照片，别的都没看。"

病友停顿了会儿，继续说："这几天，老太太除了吃饭睡觉，一直把照片摊在手心里凝视着。不知为什么,她看着看着,有时候微笑,有时候却抹眼泪。直到今天早上进手术室前,她还在看这张照片。"

我一下子被吸引住了,连忙问她:"这张照片肯定对她很重要,是结婚照吗?是表彰照吗?是退休照吗?"

病友摆了摆手,说:"你讲的都不对。"

我追问她:"那到底是什么?"

病友指了指妈妈病床枕头说:"喏,照片还压在枕头下,老太太说只要能活下来,她还要继续看。"

我翻开枕头,一张发黄微卷的黑白照片赫然在目,是妈妈年轻时候拍的,照片里她紧紧抱着我,我正一把眼泪一把鼻涕号啕大哭,妈妈也在哭,还抽出一只手,用衣袖给我擦眼泪。

病友缓缓地述说:"老太太跟我说,那一年你才4岁,平时她上班前就把你送到厂里托儿所,下了班再接出来。拍照那天,厂里接到突击生产任务,所有工人留下来加班到晚上10点才结束。你妈连工作服都没换,跌跌撞撞地跑到厂托儿所,别的孩子早被接走了,你爸那几天正好出差,托儿所就剩下你一个人,你眼巴巴地趴在栏杆上,哭得嗓子都哑了。你一看到你妈来了,顿时使出吃奶的劲儿号哭不止,你妈抱着你一起哭,连手绢也顾不上用了,直接用衣袖擦你的眼泪。厂部保卫干事循声赶来,便拍下了这张照片。"

病友最后说:"你妈在病房里反复念叨,你是那么小,那么伤心,你一边哭一边哀求,别丢下你当野孩子。"

我鼻子一酸,我不记得有这件事,妈妈也没跟我提过,可她却从未忘记。我知道妈妈为什么要在手术前看这张照片,她是告诉自己一定要活下去。不论我现在多大,在妈妈眼中,我仍是那个乞求她不要丢下自己的孩子。

第八章
关于交际

交朋友，不勉强

王 磊

我有一个非常要好的朋友，我们两个无话不说，形影不离。不过，那是以前的事情了。自从这学期开学之后，我明显感到他在有意疏远我，这让我心里很不是滋味。

我仔细想了想，我们两个人之间并没有产生过什么矛盾。不过随着年龄的增长，我们的爱好和兴趣都有了不小的变化，以前我们喜欢的东西差不多，所以总是能聊到一起去，现在我们的爱好差别越来越大，共同语言也就没有以前那么多了。

我们在一起的时间越来越少，说话的次数也明显少了，彼此都能感觉到，我们的关系变得越来越淡了。我不甘心就这样失去最好的朋友，于是专门去他家里找他谈心。我发自肺腑地把自己的想法都告诉了他，他的反应却有点冷淡。为了不冷场，我及时转移了话题，和他聊起了别的事情。谁知道不聊还好，这一聊才发现我们对事情的看法已经大相径庭，我觉得不错的东西，他觉得没意思，他觉得有意思的东西，我觉得没兴趣。本来是想拉近我们之间的关系的，结果聊着聊着，两个人竟然都没有话说了。

他坐在床上，我坐在书桌旁的椅子上，两个人都想打破这种尴尬的沉默。但是刚才聊天就已经看出来话不投机了。他看了看我，似乎想要说什么，但是终究什么也没说出来，只是把目光转移到了窗外。我看到这幅情景，感觉再坐下去也没意思了，便起身告辞了。

以前他送我出他的家门，总会在门口目送我很久，但这一次，我刚走出几步回头看的时候，他已经回去了。听到他的关门声，我的心里变得非常沉重。

这件事情发生不久之后，我和一个同学因为一些琐事在班级里发生了一点小争执，当时他也在场。如果换作以前，他一定会站出来替我说话，但是这一次他从头到尾都选择了沉默。我和同学的小争执很快就解决了，但是沉默的他让我感到心里一阵阵地发冷。

为什么？为什么曾经那么要好的朋友竟然会有这么大的变化？他的态度让我很难过，更让我感到无比的沮丧，我的情绪因此而低落了很久。

后来，母亲看出我有心事，在母亲的不断追问下，我把整件事情的经过都告诉了母亲。"妈妈，不是说好大家做一辈子的好朋友吗？为什么友谊说变就变了呢？"母亲告诉我："交朋友是不能勉强的，当初你们谈得来自然就愿意多接触，大家自然就成了好朋友；现在，你们有了不同的兴趣和爱好，彼此没有了共同语言，大家的感情也就变淡了。大家有共同语言呢，不用勉强也能做好朋友；没有共同语言了，再勉强也做不成好朋友。你听明白了吗？"

母亲的话让我很难受，但是仔细想想，母亲说得确实有道理，于是我也就释然了。我和他后来也没有太多接触了，曾经那么要好的两个男孩现在却只成了见面打个招呼的普通同学，这事儿想起来就让人叹息。不过，这件事情却让我学会了释然和放下。后来，我们各自有了新的好朋友。这件事情让我学会了怎样面对失去的友谊，让我成熟了不少。

两个人愿意和对方多交流多沟通，那大家就一起开开心心好好做朋友；两个人要是已经没有了做朋友的那一份热情和兴趣，那也不要勉强。外面的世界很大，你们都会在外面的世界里找到更多的好朋友。交朋友，不勉强，是对他人的尊重，是对友谊的敬畏，也是与人相处的智慧。

靠思想见解和成绩交友

舞军号

有些人喜欢吹嘘自己与名人的交往，当年，"我的朋友胡适之"是很多人的一句口头禅，就像现在某些人爱吹嘘自己和马云是校友。陈丹青说：我每讲演，年轻人就上来要签名、要拍照，我只好陪着耍，不然伤了年轻人的自尊心。现在容我说句重话，真有出息的青年，不做这类事。

有出息的人为什么不做这类事情？因为这种交往是空虚的交际，并不能给人带来什么实质性的东西。我们想和名人交往，但名人离开后，我们有什么值得骄傲的？

有位成功人士在一次主题演讲后告诉观众，大家可以自由提问。岂料，第一个抢到麦克风的人公然请求那位成功人士为他的初创公司提供资金，这样的无理要求，成功人士怎敢答应给他提供资金？在另一场类似的活动中，一个学生挤出人群，在大庭广众下向一名首席执行官索要私人邮箱，面对这样唐突的人，哪个人敢满足他的要求？

有个人试图仅靠这样空虚的交际获得成功，几年来，他想方设法结识更多有影响力的人，并介绍他们相互认识。最终，当他意识到他没有同他们中的任何人建立起有意义的联系时，一切都分崩离析了。人脉交际不能带来深厚的关系。结识有能力的人当然是有益的，但他们会尽多大的力支持你，会为你冒多大的风险，取决于你所能提供的东西。如果你特别出色，你会更轻松地结识这些人。总之，要靠你的见解和成绩说话。

诸葛亮初出茅庐，靠《隆中对》的思想见解和刘备交友；李白游历天下，靠文采斐然的诗作和达官贵人交友；傅雷与黄宾虹靠志趣相同成为好友；柯洁靠出色的成绩和围棋界的朋友交往。如果你想交到好朋友，就要有不凡的见解或出色的成绩。

韩愈19岁时至京师长安，当时文人做文章大多崇尚仿古，模拟杨雄、董仲舒的著述风格。独孤及、梁肃学问最为深奥，受人推崇，韩愈与这二人交往，共同钻研学问，希望自己在一代人中崭露头角。及至应进士科举考试时，他将文章投递到公卿之间，前宰相郑余庆对其大加赞赏，韩愈因而闻名一时。用文章的质量和思想见解与人交往，韩愈取得了巨大的成功。

在生活中，也有人用善良的言行与人交友，同样可取。在巴黎，朋友请成思危到一家日料店吃饭，点了不少精致的寿司。朋友对于成思危的胃口估计得太大，寿司点多了，吃不了，他们准备打包。可是，年轻的服务员鞠躬说不能打包，并解释说："我得对您的健康负责，这种寿司，如果您不尽快吃，会变质的。所以不能打包。"成思危说："我回去放冰箱不就得了？"对方仍耐心解释："很难保证您一回去就把它放入冰箱。""那我吃不下了怎么办？"成思危认真地问。服务员诚恳地说："剩下的，我们不算您的钱，我们处理掉，这盘寿司当您没点，但是您绝对不能拿走。"成思危最后赞道："你看人家就有这样一个意识。其实照我们来说，你把它打包走了，吃坏了是你自己的事。"这家餐馆可谓是"服务到家了"。

这家餐馆凭什么和顾客交友呢，靠的是对顾客认真负责的精神和服务到家的善良言行。餐馆靠真诚、善良的言行交友，能赢得回头客；而我们靠思想和成绩交友，能赢得长久的友谊。

不要隐藏光芒，但也不要放任锋芒

傻　雀

　　网上一则新闻说的是，杭州的一位家长开法拉利接放学的孩子，引起了部分家长的不满。孩子班主任得知后，直接在群里对这位家长说："你开跑车接送孩子不太好，会引起孩子的攀比心理，这样不利于教育。"紧接着，其他家长也跟着附和，有一个甚至说："不就送个孩子吗？普通点的车也行，反正你们不差钱。"被集体讨伐的家长十分委屈，但还是耐着性子解释道："钱是我辛苦赚来的，想给孩子最好的有啥不对？如果开跑车就是攀比，那是不是你们孩子太脆弱了？另外，我凭什么再买一辆普通车为你们服务？"

　　最后结果是那位家长被移出群聊。事情一曝光，网友们纷纷站在了跑车家长这一边：人家开着一辆用努力和汗水挣来的跑车，让孩子能在放学后享受片刻放松和舒适，并没有大张旗鼓跟谁宣扬"快来看啊，我用豪车接孩子放学"，何错之有？换言之，要和大家开价位一样或是价位更低的车才是正确的做法吗？

　　其实，把开跑车家长踢出群的人心知肚明，怕引起孩子攀比心只是个幌子，主要用来为一个人性弱点遮羞，那就是见不得别人比自己好。

　　如果我们因为周遭的几句质疑和打压，就匆匆隐藏起优秀的光芒，无异于答应和质疑你的人一起，沦陷于平庸。反正大家都处于黑暗中，谁也不比谁强，还要进取心干吗？隐藏光芒的人生一定不是渴望成功的人想要的。只有坚定初心，才不会成为被反复扒拉下来的螃蟹。

无独有偶，一位女士在班级群里晒出了女儿清华大学的录取通知书，骄傲地说"清华大学录取通知书就是大气"。正当她以为大家会说上两句夸赞女儿时，却发现自己竟然被班长踢出了班级群。原来，这位女士加入班级群后，每天都会在群里频繁地发女儿认真学习的照片或是亮眼的成绩单，见缝插针地夸女儿优秀，完全不顾及别人的感受。班长忍无可忍，只好把她踢出群了。

与跑车家长相反，"清华女士"遭到了网友群嘲。为何两人的遭遇天差地别？曾有人总结了社会上的"十大俗气"："一、腰有十文钱必振衣作响；二、每与人言必谈及贵戚……八、与人交谈便借刁言以逗才……"一个人展示自身优秀没有错，但物极必反，若把握不好分寸就成了赤裸裸的炫耀，像上文的"清华女士"一样，如果偶尔把女儿的笔记发上来给大家参考一下，并且言语间避免高人一等的优越感，我想群里会以她女儿作为榜样，形成上进的氛围。可惜她晒优秀没有节制还不自知，让寒冬暖阳变成三伏毒日，灼人灼己。

好友薇薇也提到过类似经历，她大学兼职派单，有一次派到一位老人手里，对方很认真地浏览单页。薇薇以为老人对产品有意向，就礼貌地讨要电话。老人不置可否，薇薇只好耐着性子与他周旋，冻得眼泪鼻涕直流。没想到对方整个聊天过程都在炫耀儿女有多么出色，孙辈有多么优秀，家境有多么优渥，说到底只是把薇薇当作了炫耀的对象。薇薇后来咬牙说："如果我是一个坏人，我一定会去老头家里探访一下。"你看，缺失分寸感的自我展示，瞬间就能诱出人性的阴暗面，后果难以预料。想要优秀，大步朝着有光芒的地方走，让自己一路身披光芒，无惧旁人的冷眼。同时，在这个过程中也要懂得把握分寸，不要任由自己锋芒毕露，刺伤旁人。如若不然，那些伤害终将把你拉回到起点。

讨厌某个人是件随心的事儿？

云逸飞

初中时候，我特别讨厌班上一个女孩儿。她成绩很好，长得也漂亮，做过晚会主持人。平日里，她笑容明媚，谈吐大方。

同校两年，我们几乎没有任何交集。可周围的人也从未间断过对她的闲言碎语——讨厌她的性格，讨厌她的言谈，讨厌她小小年纪就两面派，讨厌她对待朋友的傲娇嘴脸，讨厌她长了一双惹人反感的丹凤眼。

直至后来，机缘巧合，我和她分在一个小组，渐渐地成了朋友。那时才发现，这姑娘啊，很单纯，没那么多捕风捉影的小花边，也没那些杂七杂八的坏心思。与她相识久了，我就像一只生活在小溪的小青蛙，忽有一天，瞥见了一汪海。

如果你反感一个人，错未必在对方。小时候以为，讨厌是件随心的事。谁不会呢，无非嘴一撇，鼻子里挤出一个哼。慢慢长大了，才真正明白，并非所有的讨厌，都能站得住脚，都会有合理化缘由。

《神雕侠侣》里，郭芙最看不顺眼的，便是杨过。她素来自尊心强，恃宠而骄，偏偏杨过这家伙，我行我素，从不给她面子。或因如此，杨过越是漠视，郭芙越是记挂。她斩掉杨过的右臂、用毒针误伤小龙女。她对杨过有情，有愧，有恨，有内疚，太复杂的感情夹杂其间。

"为什么我会莫名地不喜欢这个人？""就算对自己没好处，我还是忍不住去怼他？"事实上，你我眼前所见的世界，其实是一面镜子。对朋友的厌恶，对他人的批判，往往折射着内心深处的某些东西——阴影，你的喜恶，你的创伤，你的弱点。还有那个自卑、怯懦、满目通红却求而不得的你自己。

仔细想来，讨厌一个人，是需要浪费心力的。无论喜欢还是讨厌一个人，你会发现你对这个人比对其他人敏感，你很容易觉察到他的一举一动，然后根据对方的言行做出反应。但更多时候，讨厌背后，暗藏着你对他顺境人生的羡慕，也附带着对自己无能的愤怒。当你苦心经营的，是对方不以为意的；当你求而不得的，却是对方习以为常的。喜欢与不喜欢之间，不是死磕，便是欲念。

与其用心良苦讨厌一个人，不如想想，对方的哪些性格塑造了他的顺境，而哪些短板又伏笔了自己的无能？当你情绪化地评判一个人，或被气到跳脚之时，不妨扪心自问一下：会不会是我把自身的优越感投射到对方身上了？会不会是对方生活的顺遂激起了我无能的愤怒？要知道，盲目地反感、排斥和远离，其实是种模糊不清的劣质情绪。而"讨厌一个人"，恰是认清自己的一次契机。

私以为，如果你总在抱怨、厌恶、指摘他人，对周遭环境充满不耐烦，那么，你和自己的相处，一定出了问题。就如纪伯伦在《沙与沫》中所写，"当它鄙夷一张丑恶的嘴脸时，却不知那正是自己面具中的一副。"所以，讨厌这件事儿——请在心里过过味，脑中发发酵。没有氧气的地方，厌氧菌就会横行。当你从讨厌模式切换到学习模式，又何尝不是一种给氧和杀菌？切记，这个世界，不过只有两个人：你，还有你自己。

别把"随便"放嘴边

邓公民

据报道，美国马里斯特舆情调研所，曾以电话采访方式调查成年公民，票选出最令美国人反感的词语。调查结果显示，"随便"一词以47%的得票率居最令人反感词语首位。该报道称，无论受访者的种族、年龄、收入、地域以及受教育程度有多大差异，有近一半的人都表示最讨厌别人用"随便"一词来回应自己的讲话，认为这不可接受。无独有偶，在中国，也有网友总结出十大最讨厌词句，其中"随便"一词也是位列其中。

这让笔者很是感慨。"随便"一词，本意是：按照别人的方便或者是任凭的意思，常常是一种结束争论的通用语。但是，在现实的学习、工作和生活中，"随便"一词却大大地变味了。"随便"逐渐变为了一种敷衍，一种漠然的代名词。

上周，一个多年未见的小学同学来家里做客。由于本人厨艺有限，不方便招待客人。于是，我们便打算去外面的餐馆吃午饭。这时候，我征求同学的意见，是吃重庆的火锅还是麻辣的川菜呢？同学笑着说："随便，你是主人嘛。"于是，我就打了电话，定了一个本地著名的羊肉馆。来到羊肉馆的时候，同学脸上却有些不情愿的表情。在吃饭期间，同学表现得很拘束，几乎只是尝了尝，并不是很喜欢，也肯定没有吃饱，弄得我尴尬不已。再后来，才了解到，原来同学一直都不喜欢吃羊肉。

一句随便，让自己挨饿，也让别人陷入尴尬的境地。我想，如果同学当时能大声地说出自己的喜好，不说"随便"，那就不会发生后面不愉快的事件了。这是生活中最为常见的"随便"。其实，很多时候类似的"随便"，说出去，结果是既没有让自己得到方便，又让别人尴尬不已。为何现在越来越多的人，越来越爱把"随便"一词放在嘴边呢？

一是缺乏主见。这种类型的人，从来没有自己的想法，从来没有自己拿主意和做决定的能力。因此，在生活中，只会用"随便"来表明一种模棱两可的态度，跟在别人屁股后面，活在别人的决定里面，俨然一个"跟屁虫"。

二是应付敷衍。这种类型的人，面对别人的发言，根本就不当回事，左耳进右耳出，心不在焉，自然也不愿意去想如何回应对方发言的词语，就用"随便"一词来敷衍一下，也算是给人面子，还显得自己很尊重对方的决定，把决定权给了别人。

三是要挟示威。这种类型的人，往往是自己犯了错误，不但不承认自己的错误，反而还用一种强硬的态度，向别人示威。比如说，张三踩了李四一脚，不但不道歉，反而还破口大骂，说对方走路不长眼睛。最后还要来一句："不服气吗？随便你怎么办，大爷我随时奉陪！"

四是形成了习惯。这种类型的人，往往是把任何事情都看得无关紧要，把"随便"一词变成了口头禅，结果就自然而然地习惯了随便说"随便"，让自己给人的印象大打折扣。

其实，"随便"一词，在合适的场合，说得恰到好处，往往能给人一种宽容大度的感觉，能让别人觉得你是在给他方便。但是，如果老是将"随便"放在嘴边,结果只会给别人留下不好的印象,让别人对你心生反感,继而对你敬而远之,你的交际之路自然是越走越窄,交际的效果也是越来越差。因此,别把"随便"放嘴边!不要轻易地把它拿出来与人交际,毕竟,谁都不喜欢随便说"随便"的人。

你当是一根有思想的芦苇

说声谢谢，难吗？

刘志军

不知道你有没有遇见过这种情况，你热心地帮助一个人，他却没有对你说一声谢谢，尽管你帮助他不是为了让他感谢，可是心里总感觉怪怪的。或者你遇到了困难，总会有那么一个人热心地帮助你，末了，你轻声对他说了句谢谢，可他似乎是得到了天大的鼓励，脸上顿时笑容绽放。可见，一个人是多么需要被别人认可，被别人尊重，而在我们的生活中，人们却非常吝啬一句随口便可说出的谢谢。

作为学生，我们经常被灌输要助人为乐，在生活中我也是这样做的。我会很热心地帮助别人，比如放学后在公交车上，我会很主动地给那些老人和比我小的小孩儿让座，有时候他们不知道在哪儿下车，我还会热心地给他们指路。开始的时候觉得给人让座、给人指路是一件天大的好事，并且每一次听到别人对自己说谢谢时，心里面都美翻了。可时间长了，我渐渐发现，并不是每个人都会对你充满感激，也不是每个人都会对你真诚地说一声谢谢，甚至有的人得到你的帮助后，理也不理你就转身走了。久而久之，我再也没有了之前的热情。

有一次，和班里的同学聊天，就聊起了这个话题。我们一致认为，其实，也并不是非要别人跟我们说一声谢谢才肯帮助别人，很多时候是对方态度有问题。最讨厌的就是那种明明我们忙得一团乱，他还非要插一脚进来，问东问西的，得到他想要的答案后，二话不说就走了！你说这种人可气不可气？他理所应当地认为他是弱者，他有困难，我们就该帮助他，我们就应该为他服务。他说不说谢谢，那是他的自由，而我们也有选择去给予、去帮助的自由。

我以前看电视，一个电视台做了一期关于谢谢的节目，一个记者隐身于人流量比较大的街头，拍摄了一个上午，几乎一无所获，不管是摆煎饼摊的推车，还是街边的报刊亭，大家都是面无表情地交易，不管是买者还是卖者，大家都不会有收钱找钱以外的交流。

那个记者不死心，决定自己出击，他先是到一个报刊亭买了一份报纸，还没开口跟那个摊主搭话的时候，人家就在一旁忙开了，只当他已经走了。记者不甘心，于是又买了一份报纸，摊主还是没有理他，记者忍不住就问："阿姨，我买了您两份报纸您不开心吗？"阿姨敷衍般地笑了笑："开心！"他又说："那您是不是应该跟我说一声谢谢呢？"那个阿姨顿时愣住了，然后他又说："阿姨，您看咱这卖的是报纸，这是一份好工作，咱在传播文化，您要是多笑笑，在下次有人来买您的报纸时，您向对方说一句谢谢，那我敢保证，明天他还会来您这买报纸，并且他也会向您说一句谢谢的！"

我不知道后来那个阿姨有没有听记者的话，对去她那里买报纸的人说一声谢谢，但是我知道，如果她真向别人说了一句谢谢，别人肯定也会回她一句。确实是这样，我们总是被灌输着要助人为乐，可很少有人关心你做完好事后，得到的那一句感谢的话语。

所以，请对那个为你服务的人说一声谢谢吧！不管他是为你指路的陌生人，还是为你提供方便的基层的工作人员，你向他表示感谢，他会感动，他会觉得自己被重视，他会觉得自己的服务得到了别人的认可，而你，也会在赞美他人、认可他人的同时，也提高了自己。

你当是一根有思想的芦苇

大方地对朋友说"不"

龙 少

"走，跟我出去一起玩呗，我一个人多没意思！"

"下周我生日，你会送我礼物吧？我想要一个大大的泰迪熊！"

"明天考试，你坐我旁边，要记得'照顾'一下我哦！"

同学们听到朋友说这样的话，多数人的选择是即使自己正在做作业，犹豫一下，还是会跟朋友一起出去玩；即使明知道自己辛苦攒了好久准备买书的钱，还不及一个泰迪熊价格的一半，还是会说"没问题"；即使知道帮他人作弊是违反校规校纪的，但碍于朋友的情面，还是悄声应允。

为什么大家都不说出自己心底的那个字"不"字呢？因为碍于面子，因为彼此是朋友而不好意思拒绝。可是大家有没有想过，我们的"不好意思"带来的结果是什么？很有可能是：自己的作业没完成，被老师批评了，朋友听后也感觉过意不去；自己一直想买的书没钱买了，对朋友的"狮子大开口"心存不满；又或者作弊被发现，两个人一起受处罚……如此结果，不论对自己还是朋友，还是自己与朋友之间的友谊都是有害无益的。

大家应该看过郭冬临演的小品《有事您说话》，故事中的他对谁都非常热心，把朋友的事一直都当自己的事来做，即使他办不到，做不了，他也不好意思说"不"，打肿脸充胖子，无论如何先应承下来再说。结果，反而出力不讨好，导致自己与家人、朋友的关系都很僵。

生活中，我们也常常做"好人郭冬临"。对于朋友的一些请求，经常因为怕得罪朋友，怕伤害朋友间的感情，对人际关系有影响，而不敢或者不愿意说出"不"字，先做了"好人"。殊不知，这种"好"可能是长远的，但也很有可能是暂时性的。如果你跟朋友出去玩而耽误了自己该做的事情，你答应帮朋友做的事最后却没做到，或者帮朋友做了违反了原则的事情……这样不仅会让自己受累，还会造成不可挽回的后果。

其实与朋友交往，本不需要把自己弄得那么累。我们看问题的方法也应该从多个方面分析。作为真正的朋友，不会因为你的一个情有可原的"不"字而生气，更不会因此不再与你做朋友。相反，对于自己无法应允的事情大方地说"不"，并把你的理由说出来，朋友也会理解你的难处。同时还会觉得你是个有主见的人，进而对你心生敬佩，有时甚至会反过来帮你。

所以，在日常生活交际中，我们在适当的时候要有拒绝朋友的意识和勇气，学会灵活大胆地对朋友说"不"。因为如果不懂拒绝的话，久而久之，不仅会使自己变得不敢发表自己的看法，成为对任何事情都不敢提出异议的"应声虫"，还会影响自己在朋友心目中的印象和地位，进而影响人际关系的和谐。

那么，让我们对于朋友提出的自己不喜欢做的事情，或超出自己能力范围之外，甚至违背原则的请求，大方地说声"不"吧！不要害怕或担心，真正的朋友是能够理解你的难处的，因为那是你真诚的心底之音。只有这样，我们在人际交往中才能够真正赢得朋友的信任和友谊。

别说绝情过头话

瞳 瞳

人非圣贤，孰能无过？有了缺点和错误，指正和批评都是应该的。但说话必须留有余地，不要把话说"死"，甚至把话说绝了，那样就没有了回旋的余地。一旦陷入语言的"绝境"，自己变得被动、尴尬不说，甚至还会酿成惨祸。

2012年伦敦奥运会举重53公斤级比赛，中国年仅17岁的小将周俊在比赛中，以95公斤开把，三次试举全部失败没有成绩，直接退出奖牌竞争，这在中国女子举重参加奥运会的历史上尚属首次。

赛后，国内某知名报刊称周俊是"中国女举最耻辱一败"，给其扣上了"耻辱"的帽子。正是这样一句绝情的话，引发无数网友的不满，他们疾呼：请尊重每一个为体育付出的人！周俊跟所有人一样刻苦训练，当一个运动员获得为国征战的机会，都想为祖国争得一份荣誉。三次试举没有成绩，这结果对她已然残忍。我们不应该再指责她。

迫于压力，称周俊为"耻辱"的报刊在头版显著位置刊登了《给周俊的致歉信》，但报刊还是因为此事而声誉大跌。

国际奥委会前主席罗格在伦敦奥运会的开幕式上曾讲过一句话："你今天成为了奥运会的一员，不在于你是否获胜，而在于你怎样去比赛。"可时下却有不少媒体人，秉持着"唯金牌论"的陈腐观念，对失败选手不但不予以安慰与鼓励,反而说出绝情过头话。殊不知,这种绝情话不仅有违体育精神和道德,对观众极不尊重,更是在运动员的心里捅了一个窟窿,给其尊严与信心以致命一击。

话语可以点亮人们的心灵。然而,无论是生活中,还是人际交往中,绝情话可以点燃人内心的愤怒,摧残彼此之间的感情。与人交往,我们难免会产生一些误会。如果在气头上,切莫说绝情过头话,那样无益于解决任何问题,只会徒增伤害。所以,遇事时,我们不能吐绝情之言,凡事多想想,那样才能做一个让人感觉温暖的交际达人。

让自己成为孤岛

林　枫

著名的投资人芒格，据说有自己的私人飞机，但他轻易不选择坐私人飞机出行，而是选择普通航班，在机场经过一道又一道检查，办理各种手续。有人问他："为什么不选择私人飞机？在机场一遍遍经受折腾呢？"芒格回答："第一，我一个人坐专机太浪费油；第二，我觉得坐商用飞机更安全；第三，我一辈子想要的就是融入生活，不希望自己被孤立。"

芒格曾说，他最受不了的就是因为拥有过多的钱财而失去与世界的联系，把自己隔离在一个单独的地方，别人要见他都要层层通报。别人不能轻易见到他，其实也是等于自己轻易见不到别人，自己成了孤岛。

有些人和芒格恰恰相反，觉得自己了不起，高人一等，处处彰显自己的独特。结果就是主动与别人隔绝，活成一座孤岛。除此之外，还有三种人也容易把自己活成孤岛。

第一种是那些虚伪的人。真诚是人与人交往的基础，没有真诚就没有真正的情感和友谊。虚伪、虚假的人不示人真心，对人防备猜忌，还精于算计，总想占便宜；口是心非的人也不会得到别人的真诚相待。哪怕这类人身边围绕的人再多，也没有一个真心朋友，形同孤岛。一个人失去真诚的时候就等于关上了自己的心灵之门，没有人能走进来，也没人愿意走进来。

第二种是那些自私的人。担心别人影响自己，主动疏远别人。我曾有个同学，成绩优异，无论是大考还是小考，如果考了班级第二名那就是发挥失常。同学们私下给她起了个绰号"老一"（老是第一）。在班级里，她是最特别的一个，很少和其他同学来往。在她看来，自己成绩好，很多同学总是向她请教，太耽误她的时间，影响她的学习。因此，她主动和大家拉开距离，保持"高冷"。毕业的时候，每个同学都会买一个留言本，同学们会相互留言。我们的留言本上都写着深情的回忆、真诚的祝福，而她的留言本上都是敷衍式的话语，诸如"祝你前程似锦"之类。她捧着留言本哭了，十分懊悔。

自私的人容易把自己活成孤岛，担心别人影响自己，觉得别人在自己的世界里没有存在的价值，就会主动疏远，漠然以对。这样的人注定会成为一座孤岛，身边来来往往的人如同素不相识的陌生人。

第三种是那些过分独立的人。不愿意麻烦别人，也不愿意被别人麻烦。有事自己扛，有情绪自己消化。自己能做的事自己做，自己做不了的事，就是不做，也不愿意去麻烦别人。《巨婴国》一书里说过，"很多人怕麻烦别人，但是，不麻烦彼此，关系也就无从建立。有这种麻烦哲学的人，难以发出对关系的渴望，所以势必会退回到孤独。"

好关系是麻烦出来的。看看我们身边那些人缘好的人，总是喜欢和别人一起做事情，明明自己一个人可以做的事情，会请求别人帮他一起做。你帮我拿个快递，我回你一句"谢谢"；你帮我解决个难题，我请你喝杯咖啡。这样，事情就成了彼此联系的纽带，今天你帮我，明天我帮你，来来往往，关系就变得紧密了。

更为重要的是，我们每个人都追求一种价值感和归属感，"被人需要"是一种很重要的心理需求。麻烦别人时，满足了别人的心理需求；

被别人麻烦，自己则实现了这种心理需求。所以，有人说，"麻烦"别人是一种交际的智慧，是高情商的表现。

听过一句话："如果你想融入这个世界，世界会有一万种方式接纳你；如果你想与这个世界隔离，关上自己的心门就可以了。"别把自己活成孤岛，这个世界很美好，你也一样。